島物語 I

灰谷健次郎

角川文庫 11611

JN285621

目次

第１部　はだしで走れ

1　ある日とつぜんに

ゴンが家にもらわれてきたとき、かあちゃんは、

「かわいそうに。ほら、ふるえているわ。まだ、ほんの子どもの犬なのに親や兄弟から離されて……」といった。

とうちゃんも、

「急に見知らぬところへやってきたんやもんなあ」

と、ゴンに同情《どうじょう》した。

その、とうちゃんとかあちゃんが、みんなで知らない土地にひっこすという。ゴンに同情したくせに、ぼくたちをゴンのような目にあわすという。

ぼくはとうちゃんにいった。

「ぼく、行かへんで。ぼくは生まれてからずっとここに住んでるねんもんな。大人の友だちも子どもの友だちもいっぱいいてるやろ。ぼく、行かへんで」

ねえちゃんもいった。

「そんなん大人のかってや。大人の都合で、子どもの生活を大人の考えにしたがわせるというのは、暴力《ぼうりょく》や。とうさんがサラリーマンで会社の転勤《てんきん》でひっこすというのやったら、

そらしょうがないけど、とうさんはあんまり売れないけど絵かきなんやろ」

かあちゃんはねえちゃんに、

「これ」

といって、ちょっとにらんだ。

「よけいなことといってたらごめんなさい。けど、わたしはなっとくいけへん。都会の生活から急に田舎《いなか》の生活にかわるというのもむちゃくちゃや。とうさんとかあさんは大人やし、自分から決心して行くのやからええやろけど、わたしやタカぼうの身になってみィ。あばしりばんがいちもええとこや」

かあちゃんがへんな顔をして、ねえちゃんに聞いた。

「なに？　あばしりばんがいちって……」

「あばしりばんがいち知らんのん？　北海道の刑務所やんか」

かあちゃんはあきれた顔をして、ねえちゃんを見た。

腕組みをしたまま、とうちゃんはぼっそりいった。

「こないにきつい抵抗《ていこう》にあうとは思わなんだなあ」

「あたりまえや」

ねえちゃんは一歩もひかないという顔をしていった。

ねえちゃんとはいつもけんかばかりしているけど、きょうはほんまにたのもしいみかたや。ぼくはねえちゃんを尊敬した。

「理路整然としとるなあ」

そういって、やっぱりとうちゃんは腕組みをしたままだった。

「リロセイゼンいうてなんや」

こんどはぼくがねえちゃんにたずねた。

「筋道が立っているということや」

「筋道が立つってどういうことや」

「あんた、それでも四年生?」

ねえちゃんは軽蔑《けいべつ》したような目つきでぼくを見た。

さっき、ねえちゃんを尊敬してやったのに——。

「すこしは国語の勉強をしィ。そんなことやから、いつまでたっても国語の点3なんや」

「関係ないやろ」

ぼくは腹が立ってきた。

「聞くは一時の恥、聞かぬは一生の恥いうたんはだれや」

あら、まあ……そんなこといいましたかしら……と、ねえちゃんはすました。

腹は立つけれど、いまはけんかしているばあいではないと、ぼくは自分にいい聞かせた。

「ぼく、とうちゃん好《す》きやけど、ぼくらのいうことを聞いてくれなかったら、ぼく、とうちゃん嫌《きら》いになるで」

と、ぼくはいった。

ねえちゃんとは一時休戦することにした。

「もし、無理にひっこしするのやったら、わたし、タカぼうとふたりで家出するよ」

と、ねえちゃんもいった。

うーんと、とうちゃんはうなった。

かあちゃんが、

「なんだかとうさんがかわいそうみたい」

といった。

「どうぞ。お二人はご夫婦なんですから、どうぞどうぞ仲良くしてくださいませ」

と、ねえちゃんは皮肉たっぷりにいった。

「おまえさんたちの言い分はよくわかった。もうひとばん、とうさんは考えてみる。けれど、おまえさんたちも始めにとうさんがいったことを、もういっぺんよく考えてみてくれ」

とうちゃんは真剣な顔でそういった。とうちゃんがそんな顔をしたのははじめてだ。

とうちゃんが始めにいったことというのは、人間の生活には自然が大事だということだ。

とうちゃんは、都会に住んでいるとどんどん自然から離れていくといった。食べものはみんな自然からの恵みものなのに、人びとはそのことを忘れて、たくさんのいのちをそまつにしているというのだ。

とうちゃんのいうことが正しいとしても、どうしてぼくたちだけが、ふべんなところでくらさなければいけないのか、ぼくにはよくわからない。

とうちゃんは、一つのいのちが生きるためには、たくさんの友だちのいのちが必要なんだといった。だけど、それはべつに田舎《いなか》にいかなくても、ぼくたちのまわりにはたくさんの友だちのいのちがある。

欽《きん》どん（本当は欽也《きんや》くん）、カツドン（本当は勝治《かつじ》くん）、風太《ふうた》（風太くんは風太くん）、トコちゃん（本当はことえちゃん）、れーめん（本当はれい子ちゃん）と、友だちはいくらでもいる。

とうちゃんは、びんぼうのくせに財産《ざいさん》もちやといばっていて、友だちにまさる財産はないというのがとうちゃんの口ぐせだ。ぼくはその親の子どもだから、友だちはたくさんいる。

おとなの友だちは、とうちゃんと共通の友だちで、パンツ屋のおっちゃん（洋品店の主人だけれど、店番はおくさんにまかせていつもゴムのきれたパンツのようにふらふらしているのでパンツ屋のおっちゃん。パンツも売っている）、オスのれーめん（中華料理店《ちゅうかりょうりてん》の主人で、れい子ちゃんのおとうさん。だれにでも「おっす」と威勢よくあいさつをするので、オスのれーめん。れい子ちゃんをメスのれーめんとよぶことがある）、ガマ口のおっちゃん（小さな本屋の主人、大きなガマ口を首からつるして集金にかけまわっている。ガマ口からお金をちょろまかしては、たこやきとビールを飲《の》んでいつもおくさんに叱《しか》られている）、お留守ですのおっちゃん（園芸屋の主人で、気に入らない客がくると、お留守ですといって、なんにも売らない。子どもが三人いる。病気でおくさんをなくして、一人でがんばっている）と、いろいろかわった人がいる。

みんな市場の友だちだ。

とうちゃんは、芸術家《げいじゅつか》の友だちより、市場の友だちの方が好きやといっているけど、ぼくも同じ。芸術家の友だちの話はわかりにくくて、市場の友だちの話はわかりやすい。

とうちゃんも芸術家だから、ときどきわかりにくい話をする。

おもしろい友だちがたくさん遊びにきてくれて、家の中はいつもにぎやかなのに、都会の人間はさびしい、都会の人間はさびしいと、とうちゃんはいう。よくわからない。

とうちゃんはぼくたち子どもに反撃されて、アトリエ（アトリエといっても物置をかいぞうしただけのせまい部屋《へや》）へたいきゃくした。

少しして、また、とことこ出てきた。

「ちょっと気になることがある。おまえ今、こんどひっこししようとしている土地のことを、あばしりばんがいちというたやろ。それ、そこに住んでいる人に失礼とちゃうか」

ねえちゃんは少し考えた。そして、

「そやなあ。失礼やなあ。とりけします。ごめんなさい」

といった。

ねえちゃんはなんでも思ったことをずけずけいうかわり、自分のしたことやいったことがまちがっていたと気がつくと、すぐにあやまる。

中学校では二年生なのに生徒会長《せいと》をしているのは、そういういいところがあるからかも知れない。

ぼくはねえちゃんとは反対で意地っぱりだから、いつもかあちゃんに、

「ねえちゃんのツメのあかでもせんじて飲みなさい」

といわれている。

「ねえちゃんのツメのあかをせんじて飲んだら、バイキンだらけであほになる」

といい返すけど、はくりょくない。ねえちゃんがあやまったので、

「わかったら、よろし」

と、とうちゃんはいって、また、とことこアトリエへ行ってしまった。

かあちゃんはお茶を入れながら、

「こんどのこと、とうさんは思いつきでいうてはるのとちがうのやで。ずっと長いこと考えたうえでのことやさかい、あんたたちもよう考えてあげなさい」

といった。

ぼくはゴンのところへ行って、ゴンに聞いた。

「ゴン、あんた、ここと田舎《いなか》とどっちがええ?」

ゴンは、

「ワン」

とほえた。

「そやろなあ。やっぱりここがええねんな。そらそうや」

ゴンは、また、

「ワン」

とほえた。

「はいはい、よくわかりました」

とぼくはゴンにウインクした。

その夜、ぼくはなかなか眠れなかった。とうちゃんに、よう考えてみてくれといわれたけど、いくら考えても、友だちと別れて知らないところにいくのは嫌《いや》だった。そうなったら、どうしようという心配ばかり大きくなった。

「ねえちゃん……」

ぼくはとなりの部屋《へや》に声をかけた。

「なんや」

「ちょっと、そっちの部屋へいってもええか」

「あかん。夜、女性《じょせい》の部屋に入ってくるのはチカンだけや」

「あほか」

けったいなねえちゃんやから、ほんとに困る。

「ほな、ここで話すけど、とうちゃんにいわれたこと考えたか」

「考えた」

「考えかわったか」

「かわらへん」

「ぼくもや。あした、とうちゃんにどういおう」

「正直《しょうじき》に話すしかあらへん」

「それでも、とうちゃんがひっこすっていうたらどうする?」

「……」

「な。そのとき、ねえちゃんどうするねんや」

「そうなったら、パンツ屋のおっちゃんかガマ口のおっちゃんにたのんで、下宿《げしゅく》させてもらうワ」

やっぱり、ねえちゃんはしっかりしている。

(そら、ええ考えや)

そう思ったけれど、じき心配になってきた。

「ぼくらがいっしょに行かへんかったら、とうちゃんもかあちゃんもさびしがるやろな」

「こっちもさびしいから、おあいこや」

「とうちゃんが田舎《いなか》へひっこしたいというのは、とうちゃんの夢《ゆめ》やろ」

「……」

「とうちゃんの夢をこわしたら悪いしな……」

「タカぼうの気持ちはわかるけど、なんぼ親子でも、べつべつの人間なんやから、いつかはちがう人生を歩まなあかんのや。それが、今きたというだけなんや」

「……」

「人生って、意味わかってんの？」

「それくらいわかっとるわい」

うんと大きくなって、べつべつの人生を歩むのはいいけれど、今はまだ小学生と中学生なんや。ねえちゃんはそのことわかってるのかと腹が立ってきた。

「ねえちゃんは勝手や」

「なにが勝手やの」

「なんや知らんけど、勝手やという気がするワ」

わけのわからんこといわんとって、とねえちゃんはいった。

「夏休みだけの田舎やったらええのになあ」

ぼくは昆虫《こんちゅう》のいる山や、魚のいる川を思いうかべた。


つぎの日、ぼくの心配は的中した。

とうちゃんはいった。

「きのうの夜、とうさんは真剣に考えた。そのうえで、とうさんは都会から農村へひっこしすることを決めた。反対している二人に、どう説明するかということも、いっしょうけんめい考えた。しかし、これは言葉で説明してもしょうがない。そこへ行って、いっしょに生活してもらうしかない。それはおまえたちのためだというふうにはいわない。とうさんがおまえたちに頭をさげてたのむ」

そういって、とうちゃんは、子どものぼくたちの前に、本当に頭をさげた。

ねえちゃんは、そんなとうちゃんを青い顔で見つめた。

2　友だちドロボー

欽《きん》どん、カツドン、風太《ふうた》、トコちゃん、れーめんと、みんなそろって、とうちゃんにこうしょうにきてくれた。

「おっちゃん。タカタカぼうしはぼくらの親友やねん」

欽どんがいった。

「うん」

と、とうちゃんはしんみょうにうなずいた。

タカタカぼうしはぼくのニックネーム。ツクツクぼうしツクツクぼうしタカタカぼうしというわけ。なんのことかわかる？

「おっちゃんは、友だちドロボーなんやで」

「友だちドロボー？」

とうちゃんはへんな顔をして聞き返した。

「そうやんか。ぼくらの友だちをとっていくんやもん」

とうちゃんは頭をぼりぼりかいて、

「こらまた、えらい理屈こねよるなあ」

といった。

「おっちゃん。タカぼうをどこへもやらんとって。この前、ギョウザをまけてあげたやろ。

おっちゃんは恩知らずかァ」

と、れーめんもいった。

「まいったなあ、こりゃ」

と、とうちゃん。

「人の嫌がることをすると、死んだらええとこ行かれへんって、おっちゃん、いうたやないか」

「おっちゃん。たのむさかい、タカちゃんとわたしら、わかれわかれにささんとってえ」

「タカタカぼうしがおらへんようになったら、ぼく、さびしいやんか。おっちゃん、悪いワ」

カツドンもトコちゃんも風太も、いっしょうけんめいいってくれた。

「まるで、こっちが極悪非道な人間みたいに聞こえるなあ」

と、とうちゃんはげっそりしたようにいった。

「ごくあくひどうって、なんや」

ぼくがそう聞いたら、とうちゃんはますますなさけなさそうな顔をした。

「なんかおまえさんはまがぬけとるよ。こういうときにそういうことを聞くちゅうのんは……」

そういって、それからとうちゃんはやけくそみたいに、

「極悪非道ちゅうのんは、なさけようしゃがなく、ざんこくなという意味でございます。はい」

といった。

みんなはちょっと笑《わら》って、

「ほな、おっちゃん、ごくあくひどうやんか」

「そや。極悪非道人間や」

「ほんま」

「そや、そや」

と、口ぐちにいった。

「あのね」

とうちゃんは大きな声を出した。

「みんなの友情《ゆうじょう》は感謝するけどですねえ。このさいあまりむずかしいことをいうのはさしひかえることにして、大事なことだけいうとですね。ひっこしはするけれど、うちのタカユキとおわかれというのは、ちと、みんなの早がてんやないですか。ええですか。こんど

ひっこすところは田舎《いなか》にはちがいないですが、電車、船、バスと乗りついでいっても、たかだか二時間ばかりのところですよ。海あり山ありですから、海水浴《かいすいよく》もできるし、昆虫採集《こんちゅうさいしゅう》もできる。みんなが友情をふかめるのに、こんなええところはまたとないのですぞ」

とうちゃんは声を強めた。

「おっちゃん。かぶとむしおるか」

カツドンがいった。

「もちろん、かぶとむしもくわがたも、うじゃうじゃおりますなあ。デパートに売ってるような、元気のないやつやないですぞ」

「ほんま」

カツドンがいまにもよだれをたらしそうな顔をしたので、欽どんがひじでつついてあいずをおくった。

「畑をたがやして、すいかやトウモロコシをつくる。ニワトリもロバもかう。みんな、ロバにのりたいことはありませんか」

「おっちゃん。うち、いちばんにのせて」

と、トコちゃんはとうちゃんにすがりつくようにしていった。

「トウモロコシはとれとれがおいしんやな、おっちゃん」

くいしんぼうの風太は、もう、とうちゃんのつくったトウモロコシを食べる気でいるらしい。

「みんな、なにしにきたんや」

と欽どんがおこったけど、みんなは知らん顔をしてとうちゃんの話を熱心に聞いている。

しまいには欽どんまで話の中に入っていった。

裏切り者！

ぼくはおこったけど、完全にアウトや。


ねえちゃんが学校から帰ってきてから、二人で市場の友だちまわりをした。

お留守ですのおっちゃんは、

「自然の中でくらすのは都会の人間のゆめとちゃいまっか。タカぼうのとうちゃん、よう決心したなあ。さすが、芸術家《げいじゅつか》や」

と感心したようにいった。

はじめから、あてがはずれてしまって、二人ともがっかりや。

「園芸屋やもんなあ」

とねえちゃんはいったけど、つぎにたずねたオスのれーめんは、もっとむせきにんやった。

「そらええなあ。別荘ができたんもいっしょや。毎週遊びに行かせてもらいまっさ」

オスのれーめんは、れーめんを作りながらそういった。

「もうラーメン、食べにきたらへんで」

ぼくは白い目でオスのれーめんの顔を見ながらそういったのに、

「そらまた、なんでや」

と、オスのれーめんはぜんぜん、ぼくらの気もちがわかってない。

つぎにたずねたパンツ屋のおっちゃんは、ぼくらの話を深刻に聞いてくれた。

「うむ、うむ」

腕を組んで真剣に考えていたのに、おばちゃんが、

「あんた。ちょっと銀行に行ってきて」

というと、

「ふーん」

と、腕組みをしたまま向こうへ行きかけた。

「おっちゃん、どやねん」

とぼくが聞いてるのに、パンツ屋のおっちゃんはあいかわらず、

「ふむ、ふむ」

だけで、なんの役にも立たなかった。

ガマ口のおっちゃんだけ、ちゃんとうけこたえしてくれた。

「そら、あんたら二人くらい、おっちゃんはいつでも面倒みたげるけど、いまから親とわかれてべつべつにくらすというのは、どう考えてもおっちゃんは賛成できんなあ。自分の思うように生きるというのはいいことにはちがいないけれど、それは考え方のちがう人間といろいろ苦労をかさねてみて、それからそうするというのでなければ、まるっきりわが

ままになってしまうやろ。けんかしながら、いっしょにくらしてみるというのも、いいもんやとおっちゃんは思うけどなあ。親と子はおたがいになんでも知っているつもりでも、あんがい、なにもわかっていないところがあるもんやさかい……」

市場の友だちまわりは失敗したみたい。欽どんらの交渉も成功しなかったし、ぼくらの旗色はだんぜん悪い。

「ねえちゃん、どうする?」

ぼくはほんとに心配になってきた。

「女は弱し、子どもはもっと弱し」

口ではそんなことをいっておどけているけど、ねえちゃんは元気がない。

そのうち、ひっこしの準備がはじまった。

荷づくりの荷物が部屋《へや》につみあげられるようになった。

学校から帰ってそれを見ると、もうあかんとぼくは思ってしまう。

(ねえちゃん。どうするつもりやねん)

夕飯《ゆうはん》のとき、ねえちゃんのほうをちらちら見るのに、ねえちゃんはむすっとだまりこくっている。

とうちゃんにはひとこともものをいわない。とうちゃんもねえちゃんを無視《むし》しているみたいだ。

ぼくとねえちゃんは、最後の抵抗《ていこう》をした。

ぼくもねえちゃんも、自分の部屋は絶対かたづけないつもりだった。

かあちゃんがいった。

「あすの日曜日、あなたたちの部屋、かたづけなさいよ。荷づくりはとうさんとかあさんでやりますから」

ねえちゃんはだまってすーっと夕飯の席を立った。

「かな子。わかってるの」

かあちゃんが少しきつい声を出した。

ねえちゃんはふり向いてこっちを見た。ぼくはどきっとした。

あんな冷たい目つきのねえちゃんを見たのは、はじめてだ。

あんのじょう、ねえちゃんはすごい口へんとうをした。

「ひっこしはあんたたちが勝手にやってんのでしょ。わたしに関係ないもん」

とうちゃんが顔色をかえて立ちあがった。あっというまだった。

とうちゃんの平手打《ひらてう》ちが、ねえちゃんのほおに飛んだ。にぶい音がした。

ぼくは自分がなぐられたように、思わずほおに手をやっていた。

「そのいいぐさはなんだ。とうさんは土下座までしておまえにたのんだんじゃないか。一生にいっぺん、とうさんのいいぶんを聞いてくれって。子どもだからって、みくびって自分の意志《いし》をおしとおそうとしたんじゃない。とうさんは、誠実にたのんだつもりだ。その返事があんたたちか。そういう冷たい言葉で、返されるというのか」

とうさんはぶるぶるふるえている。

ぼくはそんなとうさんを見るのははじめてだった。

かあちゃんもまっ青《さお》な顔をして、そこにつっ立っている。

ねえちゃんは泣《な》かなかった。唇《くちびる》をきゅっとかんで、むしろ、静かにその場をさっていった。

夜、ぼくは自分の部屋をうろうろした。なかなかねえちゃんに声がかけられなかった。

戸のすきまからねえちゃんの部屋をのぞき見したり、ちょっとせきばらいをしてみたりした。

ねえちゃんの部屋からは、なんのもの音も聞こえてこなかった。

「ねえちゃん」

ぼくは勇気を出して、ねえちゃんを呼《よ》んだ。返事はなかった。

ぼくはねえちゃんの部屋にそっと入った。

ねえちゃんはタオルケットにくるまって、ベッドの上でエビのようにまるまっていた。

かべの方を向いて、ねえちゃんは石になっていた。

「ねえちゃん」

ねえちゃんの肩が、小きざみにふるえている。ねえちゃんは泣いていた。

ぼくはなんにもいえなかった。

(ねえちゃん)

胸の中でそうつぶやいて、ぼくはねえちゃんの部屋を出た。

「遊びに行くさかいなあ」

と欽どんはいった。

「かぶとむし、つかまえといてや」

とカツドンはいった。

「行ったらすぐトウモロコシの種、まかなあかんでえ」

と風太は勝手なことをいった。

「夏休みになったら、タカちゃんとこの子ォになるよって……」

と、トコちゃんはいった。

「タカぼう。ほんとに遊びに行くよってねえ。セパレーツの水着、おとうさんに買ってもらっとくゥ」

と、れーめんはいい気なことをいう。

ぼくは荷物をいっぱいつんだ車の助手席から大声でいうてやった。

「うるさい。裏切り者《もん》。もう、ぼくはなあ、おまえらと絶交するよってな。もう、友だちとちゃうんやぞ。かぶとむしも一人でとって、トウモロコシも一人で食うてしもてやるからな」

「ワン、ワン、ワン」

車の上のゴンは興奮して、何回もほえた。

みんなに見送られて、ぼくらはあたらしい地に向かった。

3　蝶《ちょう》のとぶ丘で

「ほんま。ええとこやなあ」

ぼくはうっとりしてしまった。

あたらしい家は小高い丘《おか》の上に建っていた。まわりは夏みかん畑だったと、とうちゃんは教えてくれた。

そういえば夏みかんの木が四本ある。ピンポン玉くらいの青い実が、いま、どの木にもついている。

西の方を見ると、びわの木の向こうに海が見えた。

蝶がすごく多い。

ゴンが蝶を追って、あちこちかけまわっている。

ゴンは生まれてまだ一年で、自動車も通らないし、信号もないところをかけまわるのははじめてや。どんな気持ちやろ。

「わっ。とうちゃん。クロアゲハや。ほら、あのやぶのところに二匹《ひき》で飛んでるやろ」

ねえちゃんも、それを見て思わず、

「きれい！」

と叫んだ。

「わっわっわっ。あっち、あっちや。ほら、みィ。あれ、アオスジアゲハや。ほんま、すごいやんか。とうちゃん、ここアゲハチョウのそうくつなんや。すごいなあ、すごいなあ」

ぼくは興奮して叫んだ。

「みかん畑だったので蝶が多いのかな。それにしても、おまえさん、蝶のことえらくくわしいんやなあ」

と、とうちゃんは感心した。

ぼくが蝶のことを知っているのは、受け持ちの岸本先生のおかげや。

岸本先生は大学のとき、台湾《たいわん》まで蝶の採集《さいしゅう》に行ったくらいのマニアで、いつも、

「ぼくのよめはんは蝶やねん」

といっている。

家へ遊びに行くと、蝶の標本をたくさん見せてくれる。それで、いつのまにかいろいろな蝶を知ってしまったというわけ。

これ、秘密やけど、ぼく大きくなったら岸本先生とボルネオというところへ、蝶をとりに行く約束をした。

「蝶も多いけど、小鳥も多いわね」

とかあちゃんがいった。

蝶に気をとられていたけど、そういうたら、小鳥の鳴き声もする。

鳥のことはなんにも知らんから、とうちゃんに図鑑《ずかん》を買ってもらって、これから勉強しようと思う。

そんなことを話していると、前の竹やぶから、十数羽の小鳥がさっと飛びたっていった。

「ヒヨドリが群《む》れでいるところをみると、農作物《のうさくもつ》のひがいが多いのやろな」

と、とうちゃんはいった。

蝶や小鳥が多いと、まわりの景色がいきいきとして見える。

まわりのきれいな景色とは反対に、あたらしい家はおそろしくボロ家《や》だった。農家のふるい家で何年も人が住んでいなかったせいか、ちょっと見ると荒《あ》れはてて、とても人など住めそうに思えなかった。

「まるでお化け屋敷《やしき》やんか」

ねえちゃんは小さな声でいった。

家の中は、とうちゃんが前まえからひまをみつけて、修繕に通っていたので、まあまあというところだった。

たたみの部屋《へや》も板じきの部屋も、びっくりするくらい広くて、そのところは気に入った。

「冬、さむいかも知れないね」

とかあちゃんはいった。

「いろりがあるから火をたけばいいやん」

ぼくがそういうと、とうちゃんは、

「つってきた魚を竹ぐしにさして、やいて食べるか。うまいぞ、タカぼう」

といって、よだれをちゅるんとすいあげた。とうちゃんはなにを考えてるのやろ。

「さむらいみたいな生活やなあ」

とぼくがいったら、

「そら、ちょっとおおげさやね」

と、とうちゃん。

だけど、この家はテレビで見る時代劇《じだいげき》に出てくる家によくにている。

ぼくはここが気に入った。

とうちゃんがいったように、前に住んでいたところから、そんなに遠くもない。

ここへくるまでのことを、ちょっと書いておくと――。

ひっこしのトラックに乗って家を出た。ぼくたちは駅でおろしてもらった。

そこからの道順とかかった時間をいうと、私鉄に乗って二十分、それから「魚《うお》の棚《たな》」と呼《よ》ばれている魚屋さんの多い市場を通って船着き場まで約十分、ここは歩く。

「おれんじ丸」というなかなかいいかんじの名まえの船に乗って海をわたる。三十分ほどかかったけど、すこしも退屈しなかった。

スナメリというイルカの仲間が、親子づれで泳いでいるのが見えた。船のへさきに立っていると、イワシやサヨリが船のエンジンの音にびっくりして、いそいでにげていくのも見えた。

じき、島の玄関の町に着いてしまった。

「歓迎《かんげい》！　ミルクとオレンジの島へようこそ」というかんばんが目についた。

「子ども百八十円」のきっぷを買ってバスに乗った。

「田舎《いなか》のバスやのに冷房《れいぼう》がついてるやんか」

と大声でいって、とうちゃんに叱《しか》られた。

「バスの人と、田舎の人に悪い。とうちゃんははずかしい」

と、とうちゃんは口の中でぼそぼそといった。

「おっちゃん、ごめんな」

と、運転手《うんてんしゅ》さんにあやまりにいったら、とうちゃんはあわてて、

「もういいから」

と、ぼくを引っぱった。

「えらい子生《う》んでしもた」

とうちゃんは、小さな声でいって、体を小さくしている。

へんなとうちゃんやな。

三十分ほどバスに乗って、そして降《お》りた。

そこからは乗りものはなんにもなし。山道を三キロも歩く。じき汗《あせ》が出る。たいへんや。

けど、どこでふり向いても、まっ青《さお》な空と海が見えて、ほんま、ええとこやとぼくは思った。

みかん畑やぶどう畑が広びろと広がっている。そういうのを見ていると、自分が神様になって雲の上から下を見ているような気分になる。

牛がどこかで、

「あん、おーん」

と、ないていた。

「とうちゃん。ほんまにロバを飼《か》うんやな。嘘《うそ》ついたらあかんで」

ぼくがいったら、

「飼う」

と、とうちゃんは断固としていった。

「この道をロバに乗ってぽこぽこ海までおりていく」

「ぼくも、いま、とうちゃんとおなじこと思とった」

とうちゃんとぼくは目で男どうしの約束をした。

しんどくて、もう降参やといいたくなったころ、あたらしい家が見えた。

あたらしい土地であたらしい生活がはじまった。

ちょうど夏休みに、それがはじまるように、とうちゃんは計算していたみたいだった。

みかん畑の後を二つにわけて、ひとつは野菜《やさい》畑、もうひとつの土地にはクローバーの種をまいて、ニワトリなどの動物の遊び場にするのがとうちゃんの計画だ。

竹三《たけぞう》さんという、オッサンとおじいさんのあいだくらいの年の人が、とうちゃんの農業の先生で、その作業は、その人とぼくたち一家ではじめた。

ねえちゃんととうちゃんはまだけんか中だったけど、ねえちゃんのえらいところは、いくら、とうちゃんに腹《はら》を立てていても、やるべきことはちゃんとやるところだ。

その仕事はとてもきつかった。

みかんの木の根は前にブルドーザでおこしてもらっていたが、小さな根はまだのこっている。

とうちゃんは先が三つにわかれているクワを、ばしっばしっと土の中にたたきこむ。ぼくとねえちゃんは、もっこ（わらをあんで作った土や石をはこぶもの）を持って、とうちゃんがおこした木の根や石をひろってあるいた。

かんかん照《で》りのところでそれをやると、じき、のどがかわいた。しんぼうしてやっているると目まいがした。

とうちゃんも同じとみえて、はじめはすごく元気だったけれど、しばらくすると、

「もう、あかん」

といって、どたんと土の中にたおれてしまった。

竹三さんがそれを見て笑《わら》った。

「まあ、ぼちぼちやるこっちゃ」

そういいながら竹三さんがクワをふるうと、スピードはそれほどでもないのに、とうちゃんの倍くらい根っこがおきた。やっぱり農業の先生や。

「しっかりせえ」

ぼくはとうちゃんにいうてやったけど、そういうてるぼくの体がふにゃふにゃやからしようがない。

とうちゃんと並《なら》んでぼくも土の上に寝た。

「土の仕事はきついな」

そういったとうちゃんは、青い顔だった。気分が悪くなったらしい。

「だらしないね、男は……」

ねえちゃんはえらそうにいった。

かあちゃんもあいづちをうった。

ゴンがぼくの体の上にのってきて顔をぺろりとなめた。

「なにすんねん。あんたも働きィ」

ゴンはまた、ぺろりとぼくの顔をなめた。

突然、ねえちゃんが、

「きゃあ！」

と、叫んで飛び上がった。

「なんや、なんや」

ぼくと、とうちゃんがのぞきこむと、二十センチもあるミミズがそこにいた。ねえちゃんもかあちゃんも、長いものが大きらいで、二人だきあって、がたがたふるえている。

「なんや。ミミズか。このミミズ、女なんやで。チンポコないもん」

ぼくはさっきのしかえしのつもりで、そういって二人を白い目で見てやった。

島の生活がたいへんだということは、一週間もするとじきわかるようになった。

いままでぼくの家は貧乏をしてもみんな明るくくらしてきたし、けんかをしても、すぐ、冗談が出るたのしい家庭だったのに、それがここへきて、だんだんおかしくなってきた。

みんな、あまり、おしゃべりをしなくなった。はじめ、土の仕事がきついので疲れて、そうなるかとぼくは思っていた。

それだけではないことがわかってきた。

みんなの体におできができはじめた。カにかまれたあとや、ウンカという稲《いね》につく害《がい》虫《ちゅう》にかまれると、かならずそうなった。

赤くはれてすごくかゆい。カがいない日中は、ハエがすごかった。どの農家にも牛がいるので、都会のように薬をまいてハエを退治することはできないらしい。

おっぱらってもおっぱらっても、体にへばりつくようにとまるのでいらいらする。ぼくはハエに、いやなオバハンというあだなをつけた。

夜はネズミが出た。

かさこそ音がするので、でんとうをつけると、ぱっとにげていく。朝になってしらべると、あちこちをかみちぎっていた。ぼくはネズミにチビッコギャングというあだなをつけた。

とうちゃんは、ひとつのいのちが生きるためには、たくさんの友だちのいのちが必要やといって、ここへきたのに、これはいったいどうなっとんやと思う。

あんまりええ友だちはおれへんやないか。

都会のくらしは便利やったな。

ここに清そう車はこないから、ゴミは燃えるゴミと燃えないゴミと生ゴミの三つにわけて、自分でしまつする。

穴をほってそこへ生ゴミをすてる。じき、うじがわいた。あわててその穴をうめて、また、べつの穴をほる。もう、つかれてしまう。

みんな、いらいらしている。

とうちゃんは少し絵をかいては、おちつきなく立ち上がって、そこいらをうろうろする。

かあちゃんは、小さなことでこごとをいうようになった。

ここへきて十日目の夜のことだった。べんじょから、

「ぎゃあ！」

という悲鳴が聞こえた。みんなかけた。ねえちゃんが壁にへばりついている。ねえちゃ

んの目がつりあがっていた。

ねえちゃんの前に二メートルちかくもあるヘビがいた。

とうちゃんがあわててヘビをおっぱらった。

「もういややあ！」

ねえちゃんは壁をたたいて泣《な》きくずれた。

そんなねえちゃんを、とうちゃんもかあちゃんもどうすることもできず、不安そうな目で見つめるだけだった。

いつもどっしりとしていて、ゆうゆうと冗談をいっているとうちゃんは、どこかに消えてしまっていた。

とうちゃんは自信をなくしている。そう思うとぼくはなんだかこわくなってきた。

4　死ぬうー

「地獄や」

ねえちゃんはぼそっといった。それから心配そうに、ぼくの顔をのぞきこんで、

「まだ痛《いた》い？」

と聞いた。

「だいぶましになった」

そう返事したものの、ぼくはぜんぜん元気がない。

ねえちゃんが大きなへビを見て、もういややあと泣き叫んだ次の日、こんどはぼくが地獄の一丁目《いっちょうめ》にやってきたようなめにあった。

朝、竹三《たけぞう》さんの家へゴンといっしょにおつかいにいって、家の近くまで帰ってきた。石垣《いしがき》のそばのクヌギの木に、せなかのぴかっと光ったアオカナブンがいたので、そいつをつかまえるつもりでそっと近づいた。

落ち葉のつもっているところをふんで、せのびをしたときや。

右の足が、ちくっとした。

なんやと思って見るのと、足の甲《こう》にズーンとでんきが走ったのがいっしょや。

「うわあ！」

ぼくはものすごい声を出していた。

特大《とくだい》のムカデが体を弓《ゆみ》なりにそらして、ぼくの足を刺《さ》している。ぼくは気がくるったようにに足をふりまわした。

ちくっは痛みの予告編《よこくへん》で、ズーンときてからの痛さはもうどういうてええか、足の中でダイナマイトがばくはつして、あつい火が足の中をかけまわっているみたいやった。

「うわあ！」

ぼくは右足をかかえて、道中ころげまわった。

ゴンがけたたましくほえて、ぼくのまわりをぐるぐるまわった。

ぼくの声とゴンの鳴き声を聞きつけて、とうちゃんもかあちゃんもねえちゃんも飛び出してきた。

「なんや、なんや、なんや！」

とうちゃんの声はうわずっている。

「ムカデに刺《さ》されたァ」

にげていく特大級《とくだいきゅう》のムカデの姿《すがた》が見えたので、みんな息をのんだみたいだ。

「二十センチもあるゥ」

ねえちゃんはぼう然としていった。

「痛いィ！　死ぬう……」

ぼくがそういっても、だれも笑《わら》わなかった。

「くすり箱《ばこ》の中にあるアンモニア水を持ってきてくれ」

とうちゃんがいった。

ねえちゃんがアンモニア水をとりに走っているあいだかあちゃんは、ハチやムカデに刺されてショック死することもあるのや、とうさんどうしようとおろおろし、とうちゃんに、えんぎでもないことといいなさんなと叱《しか》られた。

後から聞いたら、そのとき、ぼくの顔色は急に悪くなったそうで、かあちゃんを叱ったとうちゃんも、内心ドキッとしたそうだ。

ものすごいくさいにおいのするくすりを傷口につけられて、ぼくはとうちゃんにおぶわれて家にかえった。

十五分くらい、ぼくは死ぬう、死ぬうといっていた。あんまりすごい痛みがつづくと、なんだか眠くなる。

ぼくはほんとに死んでしまうのかと思った。

かあちゃんがお医者さんを呼《よ》ぶといって（家にはまだ電話がついていないので）竹三さんの家へ電話をかりにいった。

かあちゃんは竹三さんといっしょに帰ってきた。竹三さんは手になにか持っている。それを見てぼくはギョッとした。

竹三さんの持っているビンの中に、あの特大級のムカデがうじゃうじゃいたのだ。

「これがいちばん、ようきく」

と竹三さんはいった。

よく見ると、ムカデは油《あぶら》づけになっている。その油がくすりやそうな。ぼくはその油を傷口につけられた。

アンモニア水はあまりきかなかったけれど、ムカデ油はよくきいて、十分くらいすると、少し痛みがおさまってきた。

「かあちゃん。へんやな。ムカデに刺されたのにムカデの毒《どく》をぬるやなんて。けど、医者代もうかったナ」

とぼくがいうと、かあちゃんは半分泣きそうな顔で笑った。

ぼくはいつか眠ってしまった。つぎ、気がついたらぼくのそばにねえちゃんだけいたというわけ。

「ほんまにもう地獄もええとこや」

と、ねえちゃんはまたいった。

「そんなことというたら、ここの村の人に悪いやんか」

ぼくは元気のない声でいった。

ねえちゃんは前に、この地のことを「あばしりばんがいち」といって、とうちゃんにあやまったことがある。

「べつにこの村の悪口をいうてるわけやないよ。ここの村の人は昔《むかし》からずっとここでくらしてるのやさかい、身も心もここの土地になれてるやないの。うちらは都会で生まれて都会で育ったんやもん、もともとここでくらすのが無理なんや」

「そやなあ」

ぼくは力なくうなずいた。

「なあ、タカぼう。夏休みがおわって学校がはじまったら、町へ帰ろう」

「町へ帰るいうたって、とうちゃんやかあちゃんが、うんいわへんかったらしょうがないやんか」

ねえちゃんはそれに直接こたえないで、

「ね、タカぼう」

と、なんや秘密めいたいい方をした。

「な、タカぼう。うち思うんやけど、とうさんもかあさんも、ほんとうはもう都会へ帰りたいのとちがうやろか。はじめと気持ちがかわってきたんとちがうやろか」

「……」

ぼくはねえちゃんの顔をちょっとにらんだ。いうてはいけないことをねえちゃんはいうてると、ぼくは思った。

「ええチャンスやと思わへんか。タカぼう」

いらいらしているとうちゃん、おこりっぽくなったかあちゃんをぼくは思った。とうちゃんとかあちゃんが、なんだかかわいそうだった。

「ねえちゃん。そんなこというな」

ぼくはなんだかさびしくなってそういった。

「ねえちゃんはひきょうや」

ぼくはすこしねえちゃんに腹《はら》を立てていた。それで、そういった。

ねえちゃんは、どうしてと、聞き返さなかった。そのかわり、

「タカぼう。あんた、デリケートやねえ」

と、ため息をつくようにいった。

わからんことはなんでも聞き返すくせの持ち主のぼくやけど、そのときはデリケートいうてなんやと、ねえちゃんに聞き返さなかった。

欽《きん》どんから手紙がきた。

ハガキ代をケチって一枚《いちまい》のハガキにみんなが書いてきたから、文字のおしくらまんじゅうみたいになって、読みにくくてしょうがない。

『タカタカぼうし、お元木《げんき》ですか……』

(お元気とちがうわい。なんや、お元木いうて)

欽どんの国語の点は2やったということを、ぼくは思い出した。

『……タカタカぼうしのうちに、やっとあそびにいけることになったことにけっていしました……』

欽どんの文章はなんかおかしい。

(かってに決定すんな)

ほんまに頭にくる。

『……いく日は八月九日で、おひるはタカタカぼうしのうちでたべることにけってい。

(ドカン)よろこんで、ぼくのしんぞうがはれつした音。きんやより』

欽どんのつぎは風太《ふうた》の字だった。風太の字はひょろひょろしてるので、読んでいると腹がへる。

『もうじきタカぼうに会えるので、ぼくはうれしい気もちです。船つき場で、ガマ口のおっちゃんにたこ焼きをおごってもらうのでうれしい気もちです。タカぼうとこへいったら、トウモロコシが食べられるのでうれしい気もちです。うれしい気もちばっかりです。ヤッホー。風太より』

風太のうれしい気もちは食べることばっかり。もうじき、ぼくも風太に食べられるかもわからん。

『タカぼう。おねがいがあります。ぼくがそちらにいく日の前の日のばん、スイカの中をくりぬいて、それをクヌギの木のそばにおいておいてください。カブトムシがはいってもとらないように。勝治《かつじ》より』

田舎《いなか》にきたらスイカはただやとカツドンは思っているらしい。こんな子、先生にたのんで落第《らくだい》させたらいい。

『みんながたくさん書くから、うちら書くとこあらへん。女はそんや。ことえ、れい子より』

もう一枚、ハガキ買《こ》うたらええんやんかとぼくは思った。

ぼくの友だちはみんな気はいいけど、あつかましいのが玉にきず。

ぼくが手紙を読んでいたら、

「タカぼう、うれしそうやね」

と、かあちゃんがいった。

「うれしないで。裏切り者のくせにずうずうしいのやさかい……」

ホホホ……とかあちゃんは笑《わら》った。

「なにが書いてあるの」

「八月九日、ぼくの家に遊びにくることに決定やて。あほか」

「あほかということないでしょ。みんな、遊びにきてくださるのに……。かあさんも市場の人にお手紙もらいましたよ」

かあちゃんはひさしぶりにうきうきして、うれしそうだった。

その日、かあちゃんは朝からみんなをむかえる準備に大いそがしだった。

竹三《たけぞう》さんのおくさんも手伝いにきてくれた。大人のごちそうは、ハマチのおさしみにバラずし。子どものごちそうは、あんこときなこのおはぎ、それにふかしたトウモロコシとサツマイモ。

トウモロコシとサツマイモは、竹三さんの畑でとれたやつ。竹三さんはぼくらのために大サービスしてくれたのや。

かあちゃんは、ありがたいことやと感謝した。

むしあがったトウモロコシとサツマイモを、ぼくは戸だなにしまった。

「どうしてそんなところに入れてしまうの」

とかあちゃんがいった。

「ハエがたかる」

とぼくはごまかした。そして、いちばん大きなトウモロコシとサツマイモを自分のおさらに入れた。

お昼すぎ、みんなやってきた。

「欽《きん》どん、ただいまやってまいりました」

といって、欽どんはおどけたかっこうをして両手を広げて見せた。

「うれしいわァ、うち」

と胸《むね》に手を組んだのはれーめん。

「ジャンジャジャーン」

これは、カツドン。

「なんかはずかしいわ」

とからだをくねくねとさせたのはトコちゃん。

パンツ屋のおっちゃんの後ろにかくれるようにして、

「タカぼう。おっす」

といったのは風太《ふうた》。

ぼくは両足で、カブトムシとクワガタの入った虫かごをしっかりおさえて、知らん顔をしてトウモロコシを食べてやった。

ゴンが縁側《えんがわ》ごしにそんなぼくを不思議《ふしぎ》そうに見ている。

「なんや、タカぼう。せっかくきてやったのに……」

と欽どんはもそもそいった。

「タカぼう。冷たいなァ」

と、これーめんも困ったようにいった。

ぼくは返事をせんと、目をななめにしてみんなを見てやった。

「なァ、タカぼう」

「なァ」

「なァ」

みんな口ぐちにいった。

「うるさい。ぼくはなあ、ずーっとおまえらをうらんどったんやさかいな。そのこと忘《わす》れてもろたらこまるねん。友だちをうらぎるやつは人間のカスやいうて、ガマ口のおっちゃんがいつもいうとるやろ。もうじき、このトウモロコシ、カスになるよって、それ、おまえらにやるワ」

ぼくはそういってやったのに、みんな、ぜんぜんこたえへん。

「そんなんいわんと、なァ、タカぼう」

「タカぼう、いけずやわあ。うちら、ずっと前から親友やんか」

「ぼく、タカぼう好《す》きや」

しゃあしゃあといいよる。

「タカユキ。なにいじわるいってるの」

かあちゃんがそういって、大きなおさらに山盛《やまも》りのトウモロコシとサツマイモを出してきた。

「わあ！」

と、みんな歓声《かんせい》をあげて飛びついた。

ほんま、こんな友だちを持って、ぼくは不幸や。

5　市場の友だちのおくりもの

欽《きん》どんらはひとの家へはじめて遊びにきて、すこしも遠慮《えんりょ》しないで、ぱくぱくごちそうを食べている。

ほんまにいい気なもんや。

「なんて顔をしているの」

ぼくが白い目をして、みんなをななめににらんでいたら、かあちゃんがそういった。

「おばちゃん。タカぼう、えらい機嫌《きげん》が悪いねんなあ。どないしたん？」

れーめんはそういったけれど、心はトウモロコシの方を向いているので、うわのそらでいったみたいや。

「気にしないでちょうだい。本当はうれしいのやけど、みんなにひさしぶりに会って、この子、てれてるのやわ」

かあちゃんはいった。

「かあちゃん、なにいうねん」

ぼくはかあちゃんに抗議《こうぎ》した。こんなときに、そんなことをいったかあちゃんを、ぼくはちょっとにくんだ。

ここへきて、みんなが喜んでくれているのは、ぼくもうれしいけど、田舎《いなか》はたまに遊びにくるとたのしいかもしれないが、住むのはたいへんやということを、みんなはわかってないから、ぼくは腹《はら》が立つのや。

「タカぼう、カブトムシ採《と》りにいこか」

食べるだけ食べると、カツドンはにこにこしていった。

「クヌギの木のとこに、すいか置いといてくれたかあ」

極楽《ごくらく》みたいな顔をしてそんなことをいうカツドンを見て、ぼくはもう力がぬけてしもた。

こんな友だち持って、ぼく不幸や——もう何十回と思ったことを、また思った。

みんなをカブトムシの採れる山につれてきて、それからぼくは説教《せっきょう》してやった。

「苦労《くろう》をせんとひとの作ったトウモロコシを食うたり、カブトムシをつかまえたりしたら、死んだらええとこ行かれへんねんで。ぼくはみんなを喜ばそうと思うて、きのうから、おひゃくしょうのおっちゃんのとこ回って、たなおち（熟《う》れすぎてはやく茎《くき》からはなれたもの）のすいかをもろてきて、中をくりぬいて、サトウ水を入れてあっちの木の下、こっちの木のあいだと置いていったんやぞ。しんどいだけやあらへんで。ほら見てみィ。でっかいムカデに刺《さ》されたあとがあるやろ」

ぼくは前にムカデに刺された傷《きず》あとを、みんなに見せて嘘《うそ》をついてやった。

「ほんまやわあ。タカぼう、あたしらのために苦労したんやなあ」

れーめんは、手を胸《むね》に組んで、ちょっとわざとらしくいった。

「タカぼう、ごめんナ」

カツドンはわざわざしゃがんで、ぼくの足をこわごわさわった。

「ぼく、タカぼう好《す》きやで。な」

風太は念《ねん》をおすようにいった。

「タカタカぼうし、すまん」

と欽どんは男らしくいった。

「ま、ええワ。友だちのためや」

あんまりうまくいきすぎたので、ぼくはてれくさくなってあわててそういった。

ピュピュウと口笛《くちぶえ》を吹《ふ》いて、ごまかしてやった。

ゴンがなにをかんちがいしたのか、しっぽをふってぼくに飛びついてきた。

ぼくは片目《かため》をつむって、

「なんじゃ、なんじゃ」

といって、ゴンの頭をなでてやった。

「タカちゃんって男らしいわあ」

と、トコちゃんはうっとりしていった。

なんやへんなことになってしもうたな。ま、ええわい。

カブトムシ八ひき、クワガタ六ピキ、ブイブイ（コガネムシ）五ひき、カミキリムシ二ひきがその日のしゅうかくやった。

「苦労せんとこんなにたくさん採れたんやさかい、ぼくら死んだらほんまにええとこ行かれへんかもしれへんなァ」

と、カツドンは心細そうにいった。突然一万円もこづかいをもらって、どうしようと心配しているような顔つきやった。

市場の友だちは遊びにきただけではなかった。

おひるをすませてしばらくすると、家の前にトラックの止まる音がした。

「いまごろ着きよったか。遅いやつやなあ」

お留守ですのおっちゃんは、そういって腰《こし》をあげた。

トラックの運転席から出てきたのは、お留守ですのおっちゃんの園芸屋で働いている若《わか》い衆と、パンツ屋のおっちゃんのおくさんだった。

荷台《にだい》には、いろいろな植木がどっさり積んであった。

「先生（ぼくのとうちゃんのこと）、これ、わしらの贈《おく》り物や。いまは植木を植えかえる季節やないよって、秋にもう一回持ってくることにして、今回は苗木《なえぎ》を中心にして、つきやすい（根づきやすい）もんばっかり選んできた」

お留守ですのおっちゃんは、威勢よくそういって、植木をおろしはじめた。

とうちゃんとかあちゃんはびっくりして、目をまん丸《まる》にした。

「先生は葉の散る木ィが好《す》きやったろ。落葉樹《らくようじゅ》と果物《くだもの》の苗木を集めてきたんや」

かあちゃんは、

「まあまあ」

ばっかりいっているし、とうちゃんはなんにもいわないで目をしょぼしょぼさせている。

ふたりともうれしいんやなあとぼくは思った。

大人も子どももいっしょになって、わっしょいわっしょいと植木をおろした。

「さあ、みんなしっかり働けよ」

と、オスのれーめんは腕《うで》まくりのかっこうをしていった。

「おっちゃん、ラーメンつくる気ィか」

と欽どんがひやかした。

「べらぼうめ」

と、オスのれーめんは江戸《えど》っ子弁《こべん》を使ってかっこよくそういったけれど、なんかへんやった。

オスのれーめんは朝、自分の店にくると、

「さあ、きょうもいっちょう、ばーんと働くぞォ」

といって腕まくりをする。いつか欽どんがそれをひやかしたら、オスのれーめんは、

「べらぼうめ。おらァ労働者よ」

といばった。

とうちゃんは、

「それをいわれるとつらい」

というし、パンツ屋のおっちゃんは、

「寅《とら》さんの映画《えいが》の見すぎや」

とそっけない。

市場の仲間《なかま》はなんかへんなんや。毎日働いているのに、毎日遊んでるみたいなんや。

そのときもそうだったから、みんなよろこんで、クワやスコップを手に手に持った。

とうちゃんとかあちゃんは、どこになにを植えたらいいか相談している。

「おっちゃん。どの木にどんな果物がなるのん」

風太は、お留守ですのおっちゃんの後をつきまわっている。

「これモモや、これカキ、これクリ、これイチジク、これブドウ……」

お留守ですのおっちゃんは、じゃまくさそうにこたえている。

「ブドウの苗《なえ》は三本もあるけど、どんなブドウがなるのん。みんなちがうのん。マスカットや巨峰《きょほう》はあるのん」

お留守ですのおっちゃんは、あきれたように風太を見た。

「おまえ、食いもんのことになったら、なんで、そないに熱心になるのんや。おまえ、学校の勉強もそれくらい熱心にやっとるんか」

「ぼく、勉強は嫌《きら》いや」と風太はいった。

「そら、そやろな」

と、お留守ですのおっちゃんはあきらめたようにいった。

植える場所が決まったので、みんなであちこち穴《あな》をほって、たい肥《ひ》とアブラカスと乾燥《かんそう》した鶏糞《けいふん》（にわとりのふん）を土にまぜた。その上に、もう一回土を置く。そして苗木《なえぎ》を植えた。

こやしを入れているとき、風太が聞いた。

「これ、なに？」

「こやしや。どんな植物でも太陽の光と水とこやしがなかったら大きくならへんのや」

ガマ口のおっちゃんが説明した。

「こやしは植物の食べるごはんみたいなもんか」

「そや。ごはんだけやない。おかずもや。三種類のこやしを入れたのは、植物が大きくなるのに必要な栄養分、つまり、ちっ素《そ》、りん酸《さん》、カリの三要素がみんなふくまれているからや」

ガマ口のおっちゃんはものしりや。本屋はあんまり本を読まんとガマ口のおっちゃんは自分でそういってるが、おっちゃんはよく本を読む。

ガマ口からお金をちょろまかしては、たこやきとビールを飲んで、おばちゃんに叱《しか》られてばっかりいるけれど、ほんとうはえらい詩人やと、まえ、とうちゃんは教えてくれたことがある。

「有名じゃなくても、えらい人はいっぱいおる」

と、とうちゃんはつけくわえた。ぼくが、

「とうちゃんもか」

と聞くと、

「そういうことにしといてくれ」

と、なさけなさそうな顔をしていった。

そんなえらい詩人が大事なことを教えてくれているのに、風太はべつのことを考えていたみたいだ。

「にわとりのウンコおいしいのかナ」

風太はひとりごとみたいにいった。みんなじろじろ風太を見た。だれかがおいしいかもしれないなといったら、風太はほんとうに、鶏糞を食べたかもしれない。そんな顔つきだった。

「おまえのくいしんぼうはノーベル賞もんやな」

と、お留守ですのおっちゃんはいった。

みんないっしょうけんめいに働いているのに、パンツ屋のおっちゃんだけ、あちこちふらふらしているので、おばちゃんに叱られた。

「あんた。なに、ふらふらしてるの」

パンツ屋のおっちゃんは風のようにふらりとあっちへ行きかけた。

「こら」

とおばちゃんはおっちゃんをつかまえた。

みんな笑《わら》った。パンツ屋のおっちゃんはおばちゃんにスコップをおしつけられて、しかたなしに穴《あな》をほりはじめた。

またたくまに五つも穴をほってしまった。パンツ屋のおっちゃんは、ぽいとスコップをすてると、また風のように、ふらふらあたりを歩きはじめた。

パンツ屋のおっちゃんは大金持ちの家に生まれて、お金を山ほどつかったんやそうや。お金を山ほどつかうと世の中がわびしくなるんやて。それでパンツ屋のおっちゃんはおばちゃんだけ大事にして、風みたいにふらふら生きているって、これもとうちゃんに聞いた話や。

なんかようわからへんけど、ぼくはパンツ屋のおっちゃんが好《す》きや。ええ人や。

二時間ばかり作業をすると、家のまわりは見ちがえるようになった。

グミやキイチゴが竹垣《たけがき》のそばに、ヤマブキやレンギョウは門柱のそばに植わった。

「ええ感じになったなあ」

と、とうちゃんはうれしそうにいった。かあちゃんも、うなずいた。

秋になったらザクロやサルスベリの木を植えにきてくれるそうや。果物《くだもの》の木は家の外にいっぱい植えてある。実をつけ出したら、どんなに素敵やろとぼくは思った。

夕方になって、みんな帰る時刻《じこく》になった。

「うち、帰らへん。うち、タカぼうとこの子ォになりたい」

メスのれーめんは本気でそういって、オスのれーめんをてこずらせた。

「うち、水着を持ってきたのに、まだ泳いでえへん。タカぼうのうちに、泊まりたい」

トコちゃんは半分泣《な》き出しそうな声でいった。

「イチジクの実がなるまで、ぼくは、ここにいるねん」

風太はむちゃをいった。

欽どんとカツドンは手にカブトムシのいっぱい入ったかごを下げて、しょんぼりうつ向いている。

「また、こいよ」

ぼくはできるだけ大きな声でいった。最後の方で、声が小さくなって鼻《はな》と胸《むね》のおくがつーんとした。

ぼくは、もうなんにもいわないで手だけふった。

「夏休みなんでしょ。いつでも何回でもきたらいいねんや。みんな元気出しなさいよ」

ねえちゃんがみんなにそういってくれた。

ゴンがしっぽをふっていた。

その夜、ねえちゃんはぽっそりいった。

「なんやふくざつな気持ちやなァ」

ぼくはねえちゃんを見た。

「とうさんとかあさん、市場の友だちにすごくはげまされたみたい……」

「……」

「せっかく、都会に帰りたいという気持ちが、とうさんとかあさんの心の中に出てきてたと思うのに……」

それからしばらくしてねえちゃんの期待《きたい》（?）に反してとうちゃんとかあちゃんを、もっともっとはげますような出来事がおこった。

6　死に神一家

出来事がおこったなんて書くと、なにか大事件《だいじけん》がおこったみたいだけど、実際はちょっとしたこと。

だけど、そのちょっとしたことから、とうちゃんとかあちゃんはもちろん、ぼくもねえちゃんもすごく考えさせられてしまったのだ。

ぼくの家に、野良犬《のらいぬ》がやってくる。

穴《あな》の中の生《なま》ゴミを食べにくるのだけど、たいてい家族づれだ。

おとうさんだろうと思われる犬と、おかあさんだろうと思われる犬と、子どもだろうと思われる犬二ひきの合計四ひきだ。

ぼくの家族とまるでいっしょだからいやになる。

「なんや身につまされるなあ」

と、とうちゃんはいっている。

ぼくは、このへんの犬は野生の中で生きているのだから、シートンの動物記で読んだ狼《おおかみ》の王ロボみたいに、ものすごいせいかんなやつかと思っていた。

ぜんぜんちがうのでがっかりした。

四ひきとも肩《かた》を落とし、上目づかいにとぼとぼとぼとぼとあるいてくるので、なんや犬の死に神に会ったような気がして、こっちまで元気がなくなる。ぼくはその犬の家族に死に神一家というあだなをつけてやった。

だれでも思うことはいっしょとみえて、とうちゃんは、

「生まれてきてすみませんちゅう感じやなあ」

と、げんなりした顔でいう。

「ひくつな感じの犬やねえ」

動物好きのかあちゃんにもぜんぜん人気ない。ねえちゃんは、

「あの犬を見てると夢《ゆめ》も希望もなくなるわ」

とつめたい。

うちのゴンまでその犬たちを無視《むし》している。前を通っても、ちろっと見るだけで、ねそべったままだ。

ぼくは死に神一家がくると、

「ほんまにあかんたれ（意気地《いくじ》なし）の犬やな」

とか、

「こら。もうちょっと堂々と生きろ」

とかいっていた。とうちゃんは、

「歓迎《かんげい》する相手やないけど、生ゴミを食べにくるだけで別に害するわけやなし、ま、ぼちぼちにでも友だちになればいいやろ」

と、のんきにいっていた。

それが困《こま》ったことになったのは、村の会合で、野犬《やけん》の毒殺《どくさつ》が決まったことだ。

とうちゃんはちょっとふんぜんとしていた。

「いくら野犬やいうても、いのちを持ったちゃんとしたいきものや。第一、野犬というのはもともと人間のえてかってで捨《す》てられた犬やないか。それを人間の都合で殺すというのはあまりに横暴《おうぼう》というもんや。村の人の考えやない。保健所《ほけんじょ》の指導《しどう》というのも気にくわん」

と、とうちゃんは怒《おこ》った。ぼくもとうちゃんの考えに賛成や。

死に神みたいな犬やけど、殺すのはかわいそうや。

「なんで殺すのや」

ぼくはとうちゃんにたずねた。

「畑をあらすというのが理由やけど、このごろ少し野犬の数がふえたというとったね」

そういえば、苗《なえ》を育てている畑にネットを張《は》っているのを、ぼくは見たことがある。

「だけど、農作物《のうさくもつ》にひがいをあたえるという理由だったら、わたしたちが反対するわけにはいかんやないの」

と、かあちゃんはいった。

「そう。反対するわけにはいかん。この村においてもらっているかぎり、村で決めたことは守る義務《ぎむ》がある。しかし、意見をのべる自由はある」

とうちゃんはちょっとくやしそうだった。

「野犬のくるところに毒《どく》エサをおいておくそうやから、あしたから、あの死に神一家くんたちがきたら、だれでも見つけた者がおっぱらうようにすること。家《うち》の庭で、白い目をべろんとむいて死なれたらかなわん」

とうちゃんの言葉が終わるより先に、

「うち、そんなんいややで」

とねえちゃんが身ぶるいするようにいった。

「くわばら、くわばら」

と、かあちゃんもいった。

「あしたからゴンをつないでおけよ。タカユキ。そこいらをうろうろ出歩いて毒エサでも食べたら一巻《いっかん》の終りや」

とうちゃんがいった。

ねえちゃんがあわてて、ゴンをくさりでつなぎに行った。

つぎの日、死に神一家は三時ごろやってきた。

「タカぼう、きたよ」

と、かあちゃんはいった。

「ずるいなあ、かあちゃんは。見つけたもんがおっぱらうという約束《やくそく》やったやろ」

ぼくはそういって、しぶしぶ庭に出た。

死に神一家は穴《あな》の中に首をつっこんで、なかよく台所の残りものを食べていた。

「いややなあ」

ぼくはほんとにいやな気分だった。

石をひろって、

「あっちへいってちょうだい」

といって、ぼくはそれを犬に投げた。

はじめ、死に神一家は石を投げられていることに、気がついていないようだった。

三つめに投げた石が、おかあさんの犬に当たった。

「あ、ごめん」

ぼくは思わず叫《さけ》んだ。

ふつうの犬だったら、キャンと鳴くところだが、その犬はそうしないで、さっと体をふせ、すばやくあたりを見た。

ほかの犬もほとんど同時に、そのしせいになった。

すごくびんしょうで、まるで別の犬みたいだった。

石を投げたのがぼくだと知ると、死に神一家は身をひるがえして逃《に》げた。

「もうくるなよ。たっしゃで暮《く》らせよ」

とうちゃんはそういって、申しわけなさそうな顔をして石を投げた。

とうちゃんも石を投げ出したので、犬たちはあわてたみたいだ。

竹やぶの前までは四ひきいっしょだったけど、そこから、一ぴきはお墓《はか》のある小高い丘《おか》に、ほかの三びきはとまどったように反対の方向の畑に逃げた。

丘の上に逃げたのはおとうさんの犬らしかった。そこへ近づこうとして三びきの犬はうろうろ走りまわっている。

すると丘の上の犬がぴたっと止まったのだ。

四つの足ですっくと立ち、早くこいというふうに、三びきの犬の方をじっと見ている。

「待ってやっているのやろか。な、とうちゃん」

ぼくはかすれたような声でいった。

とうちゃんはためしてみるつもりか、石を一つその犬に投げた。

犬はびくっとも動かなかった。

まっすぐ前を向いて、こうぜんと立っていた。全身に力がみなぎり堂々としていた。

ぼくもとうちゃんも、もう石は投げなかった。投げられなかったのだ。

三びきの犬が追いついたとみるや、その犬はさっと身をひるがえして風のようにかけた。後を、三びきの犬が追った。

「ふう」

と、ぼくは大きな息をした。

とうちゃんはいつまでも同じしせいで突《つ》っ立っていた。

いつのまにか、かあちゃんとねえちゃんがぼくらの後ろに立っていた。

十分間くらいだあれもなにもいわなかった。みんな、それぞれになにかを考えていたのやとぼくは思う。

とうちゃんはちょっと涙《なみだ》ぐんでいたみたいだった。

その夜、ぼくはねえちゃんとひさしぶりに長い話をした。

「あの犬の家族に死に神一家やなんてあだなをつけて、ぼく、悪いことをしたと思てんねん」

「……」

「あの犬の家族、ぼくらをうらんでるやろか。人間ほど悪いやつはないと思てるやろなあ」

「そないに自分を責《せ》めんでもいいけど、きょうのことはほんとにショックやったねえ」

ねえちゃんもしんみりしていた。

「犬のくせにえらいな」

「犬のくせになんていうのは差別やで」

「そやな」

ぼくは素直にいった。

「けど、ねえちゃんも、あの犬を見ていると夢《ゆめ》も希望もなくなるっていうたやないか」

犬にあやまるわと、ねえちゃんも素直やった。

「あの犬は不幸で、うちのゴンはしあわせな犬やと思てたけど、そうとばかりはいわれへんね」

「うん」

とぼくはうなずいた。

「ゴンはぼくらがいなかったら生きていかれへんもんな。動物が、そんな飼《か》われ方をするのはしあわせかどうか、ぼく、ようわからんようになったワ」

「そやねえ」

とねえちゃんもいった。

「ほんま、けなげな犬や」

「とうちゃん、ちょっと目に涙《なみだ》をうかべてたん知ってるか」

ねえちゃんはうなずいた。

「犬のけなげさとやさしさに胸《むね》うたれたんや。とうさんはいつも、本当のやさしさを持っている人は、つらい生き方をしてきた人の中にいるというてるやろ。そやから、あの犬の家族を見て、いちばんショックを受けた人はとうさんとちがうか」

「とうちゃんはやさしいんやナ」

と、ぼくはいった。

ねえちゃんも、うんうんうんとうなずいた。

「ねえちゃんはとうちゃんと仲直りするつもりか」

と、ぼくはたずねた。

ねえちゃんは首をふった。

「なんでや。ねえちゃんはさっき、ぼくがとうちゃんはやさしい人やというたらうなずいたやないか」

「それとこれはべつや」

と、ねえちゃんはいった。

「あんね、タカぼう」

ねえちゃんはむきなおっていった。

「タカぼうにいうといたげるけどね。人間が自分の生き方をそないに簡単にかえるというのは自分を裏切るのと同じことなんやで。とうさんはとうさんの人生があるし、わたしはわたしの人生があるやないの。それを親の権力《けんりょく》で一方的にかえたり、干渉《かんしょう》したりするのは許《ゆる》されないことなんや」

ちょっとむずかしいワとぼくはいった。「権力」や「干渉」やといわれても、なんのことかようわからへんやないか。

「ここの生活をわたしが認《みと》めていないのに、わたしがここで生活しているのは、親の暴《ぼう》力《りょく》にしたがわせられているという証拠《しょうこ》やろ。な、タカぼう。そういうのを認めるのは自分を裏切ることで、いちばんよくないことなんや。ねえちゃんはそういいたいんや。とうさんのいいところを尊敬《そんけい》するのと、自分の生き方をつらぬくこととはまたべつや」

ねえちゃんは頭がいいのか、それとも強情《ごうじょう》なのかちょっとわからんところがある。

「せっかく犬の家族に、みんななかようせなあかんいうて、教えてもろたのにな……」

とぼくが小さな声でぶつぶついったら、ねえちゃんは、

「犬の家族から学ぶことはいいことやけど、犬と人間はちがうということを考えんと、あんた単細胞《たんさいぼう》人間になるよ」

といった。

ぼく、なんやわからんようになってきた。

「タカぼう。ねえちゃんは九月の新学期からまえの学校に通うことにするよ。こっちの学校には行かへんよ」

えっ、とぼくはびっくりした。

「家を朝六時に出たら、始業時間にどうにか間にあうということをねえちゃんは調《しら》べたんや。わたしはべつにタカぼうに無理《むり》にすすめるわけやないけど、タカぼうもその気になるのやったら学校をかわらんでもいいよ」

ほんま、とぼくは身を乗り出した。

ねえちゃんは歩く時間、バスに乗っている時間、船に乗っている時間とこまかく説明してくれた。

「ぼく、ねえちゃんといっしょになる」

と、ぼくは宣言《せんげん》した。ぼくはあんまり信念のない子みたい。

「けど、タカぼう。朝六時に家《うち》を出るためには、五時半には起きんといかんのよ。帰る時間も遅くなるし、たいへんなことやけど……」

「やる」

と、ぼくはいった。

学校をかわらないでここに住めるのやったら、こんなええことはないとぼくは思った。

二人でぼくらの決心をとうちゃんに話した。

うーんと、とうちゃんは腕《うで》を組んで考えこんだ。

しばらくして、とうちゃんは、

「うん。いいだろう」

といった。

ねえちゃんの顔がぱっとかがやいた。

「とうさん。経済的《けいざいてき》なことはどうするんですか」

と、かあちゃんが心配そうに聞いた。交通費がすごくかかることを心配してるんだ。

「なんとかする」

とうちゃんはきっぱりいった。

7　人間は死んだらみんな地獄行き

たくさんのいのちにかこまれて生きたいというねがいから、島の生活がはじまったんだけど、そのいのちがヘビやムカデやハエのいのちばかりというのは、いくらなんでもうんざりする。

八月もおわりちかくなってから、とうちゃんはがぜんはりきり出した。

「新しいいのちのおむかえや」

と、とうちゃんはそういう。

『健康自家菜園栽培《けんこうじかさいえんさいばい》こよみ』という表とにらめっこをしたり、『農薬を使わない野菜づくり』という本を読みふけったりしているだけではなく、種苗屋《しゅびょうや》へ行って種を買ってきたりしている。

野菜の種はだいたい春と秋にまくそうだけれど、八月のおわりごろまいてもいい品種もいくつかあるらしい。

とうちゃんが買ってきた種の名をあげると、つぎのようになる。

レタス、コマツナ、小かぶ、はくさい、芽キャベツ、三寸《ずん》にんじん、はつかだいこん、ミズナ。

「ミズナとクジラの肉のたき合わせはうまいぞ」

とうちゃんはそういってちゅるんとよだれをすい上げた。くいしんぼうの風太《ふうた》とええしょうぶや。

はつかだいこんの種は、丸《まる》くて茶色っぽく、ま、種らしい種だけど、にんじんの種はぼくのセーターを切りきざんでゴミにしたような感じのもので、知らない人だったらこれが種だとはだれも思わないと思う。

おもしろいので、ぼくは一つ一つの種をていねいに写生した。

「親孝行《おやこうこう》してくれるやないか、このぼうず」

と、とうちゃんは喜んだ。

このぼうずという言葉がでるときは、とうちゃんの機嫌《きげん》が最高にいいときや。

「みんな、いのちなんやなあ」

種を写生しながらぼくがそういったら、

「食べものはみんないのちなんや。都会の人間はそれを忘れとるから、へいきで食べものをそまつにするのや」

と、とうちゃんはいった。

そういったら、ぼくの学校の給食もいつもずいぶん食べ残しがある。受け持ちの岸本《きしもと》先生は、

「もったいないなあ。家でどういうしつけをしとるんやろ」

となさけなさそうな顔をしていた。

野菜もいのちを持った植物にちがいないけれど、いのちというのならぼくは飛んだりはねたりするいのちの方がいい。

ニワトリ小屋ができたのに、かんじんのニワトリが手に入らなくて、とうちゃんは弱っている。

まわりはみんな農家なのに、どこの家もニワトリを飼《か》っていないのだ。毎日食べるタマゴは養鶏場《ようけいじょう》からまとめ買いして、みんなで分けあっている。

養鶏場といえば、とうちゃんとねえちゃんとぼくの三人で見学に行ったことがある。

何万羽と飼っているところはすごかったけれど、身動きできないくらいせまいところに入れられて、目の前に流れてくる水とエサを食べていたことや、首とおしりのところが金網《かなあみ》にこすれて、ずるむけで真っ赤だったことは見ていてつらかった。

「タマゴをうむ機械といっしょやないの。生きものをこんなことして……。ほんまに……。人間は死んだらみんな地獄《じごく》行きや」

とねえちゃんはいった。

「そんなこというたら養鶏場の人に悪いやんか」

ぼくがまた心配性《しんぱいしょう》を出したら、ねえちゃんは、

「安いタマゴを食べた人間も地獄行き」

といった。

自分はどないなるのやろ。

養鶏場からの帰り道、とうちゃんはしみじみいった。

「むかしはどこの農家の庭先にもニワトリがいて、土の中の虫や青草をついばんだりして、平和に鳴き声をあげていたのになあ」

土と縁《えん》のない養鶏場のニワトリは体が弱いので、いろいろな薬をエサにまぜて飲ませているそうだ。ぼくらは薬づけのニワトリから生まれたタマゴを食べているわけや。

「そのうち、ニワトリにふくしゅうされて、人間はみんなガンにおかされて死んでいくワ」

とねえちゃんにおどかされた。

とうちゃんがここで食べものを自分で作ろうとしていることが、ぼくにちょっとわかるような気がした。

種まきの日、かあちゃんは赤飯《せきはん》をたいた。

「こんなとき、まず神様にお祈りをささげなあかんのやろけど、あいにくわれわれは無宗《むしゅう》教《きょう》やよってなあ」

と、とうちゃんはいった。

「自然を神様やと思たら、素直に手を合わせられるやないの」

とかあちゃんがいった。

「そやなあ」

と、とうちゃん。

四人とも赤飯を食べる前に、ちゃんとお祈りをした。

お祈りをしてからぼくが、ねえちゃんに、

「どういうてお祈りをしたんや」

と聞いたら、

「あたりまえやないの。まいた種が立派に育って、たくさん野菜がとれますようにってや」

とこたえた。

「ふーん」

とぼくがいったら、ねえちゃんはあやしそうにぼくをじろじろ見た。

「タカぼう。あんたはどういうてお祈りしたの」

知らん顔をして、ねえちゃんといっしょやとぼくはこたえたけど、そら、嘘《うそ》や。

お祈りというから、ぼくはお祈りの言葉をいっしょうけんめい考えたのや。

(なむあむだぶつなむあむだぶつ、なむみょうほうれんげっきょうなむみょうほうれんげっきょう、アーメンソーメンヒヤソーメン)

おしまいの方はだいぶええかげんやから、人にいわれへん。

赤飯《せきはん》を食べてから四人いっしょに畑を出て種まきをした。

毎日毎日、耕《たがや》したかいがあって、百平方メートルほどの広さの畑は、土が黒ぐろしてほんまにええ感じや。

「母なる大地」ってとうちゃんがよくいってるけど、ほんまそんなやさしい感じがする。

とうちゃんはそこへ白い粉をまきはじめた。

「なんや、とうちゃん。それ、運動場にラインをひくときに使う粉とちがうのん?」

「そや。石灰《せっかい》や。土を酸性《さんせい》にしないために必要なのや。酸性だと野菜がじゅうぶんに育たんのや」

「ふーん。なんやむずかしいねんな」

「そらそうや。土は生きてるのやさかいな。呼吸《こきゅう》したり汗《あせ》かいたり、人間といっしょや」

「ふーん」

ぼくは今まで土はただの土やと思てたけど、その考え方はあらためんといかんらしい。

竹三《たけぞう》さんのところへ、牛のウンコをもらいにいった。

ウンコといってもワラとよくまぜて、発こうさせてあるから、きれいなもんやと、とうちゃんはいっている。

持って帰って畑にばらまいた。牛のウンコをさわると手がきれいになるととうちゃんはいった。

ほんまかな。

うねを作って、すじをつけた。

「なんや、とうちゃん。ガタガタやんか。となりの畑のようにまっすぐにせなあかん」

「はじめからそんなにうまいこといくか」

とうちゃんはぶつぶついっている。

だいこんの種からまいていった。粒《つぶ》が大きいのでまきやすい。毛糸のくずみたいなにんじんの種は砂《すな》をまぜて、砂といっしょにまいた。こうすると種が一カ所にかたまらないそうな。この方法は竹三さんに教えてもらった。

そこまではうまくいったけれど、種の上に土をかぶせるところでゆきづまった。

とうちゃんもぼくも、まだクワがうまく使えないから、土を均等《きんとう》にかけられないのだ。どさっとかたまって土を落としたり、まるで土のかからないところができたりする。

とうとう、とうちゃんはやけくそをおこして、クワを投《な》げ捨《す》ててしまった。

とうちゃんは両手で土をすくって、手のひらでもむようにして土をかけていった。

「こら発明や。タカユキ、これならうまくいくぞ」

ぼくもとうちゃんのまねをしてやってみた。

「ほんまやなあ。それにこうしてたら、なんや土がかわいいな」

うん、うんと、とうちゃんはうなずいた。

竹三さんが見にきてくれた。ぼくたちのやり方を見て笑《わら》いながらいった。

「本職《ほんしょく》のひゃくしょうなら、めしの食い上げというとこやな。けど、そうするのはいいことや。そうして土をかわいがっていたら、土の方からいろいろなことを教えてくれる」

どうにか種まきを終えたのに、ゴンが畑のうねの上をぴょんぴょん飛びはねていくつも足あとをつけてしまった。

「こら。なにすんねん」

ぼくはあわててゴンの首ねっこを押《おさ》えた。

「ここへ入ったらあかんの」

ゴンは上目《うわめ》づかいしてぼくを見た。

「少し教育せなあかんなァ」

と、とうちゃんもいった。

もう一つのおむかえするいのち、つまりニワトリは、とうちゃんの友だちから有精卵《ゆうせいらん》をもらってきて、ふ卵器でかえすことにした。

ニワトリのタマゴを十二個《こ》、アイガモのタマゴを七個入れた。ニワトリのタマゴは二十一日間、アイガモのタマゴはそれからもう七日《なのか》あたためるとひなになる。

電気であたためるのだけど、温度と湿度《しつど》の調節もしなければならないし、ときどきタマゴをくるくるまわしてやらなければいけないからたいへん。

とうちゃんとかあちゃん、ねえちゃんとぼくはそれぞれ時間を分担して、それをやることにした。

家族四人いてよかった。一人か二人だったら、睡眠不足で死んでしまうとこや。

「いのちを育てるというのはたいへんなことやねえ」

とかあちゃんはしみじみいった。


夏休み最後の日、ぼくたちはこの島でいちばん高い山、鶴峰山《つるみねさん》にのぼった。

かあちゃんが朝からごちそうをこしらえて、それをお重《じゅう》につめた。

「お重料理か。なつかしいなあ」

と、とうちゃんはいって、お重のカマボコを一つ、つまみ食いした。

「つまみ食いもなつかしいのでしょ」

と、かあちゃんはとうちゃんをちょっとにらんでいった。

そのすきにぼくもうなぎを一切れ、つまみ食いしてやった。

「夏の登山《とざん》ちゅうのんもたいへんやなあ」

とうちゃんはそういいながらぐいぐいのぼっていく。

とうちゃんは町にいたときより、なんやたくましくなったみたい。

ぼくは自分の腕《うで》を見てみた。すごく黒くなって、筋肉《きんにく》がこりこりとついている。

「なにしとるんや、タカユキ」

とうちゃんがあるきながらいった。

「とうちゃん、ぼく、強くなったみたい？」

とうちゃんは笑《わら》った。

「都会の子に見えんなあ。強そうに見えるだけやない。せいかんな感じになってきたな。タカユキがなあ」

おしまいの方は、とうちゃんは一人ごとのようにいった。

鶴峰山のてっぺんはすごかった。どっちを見ても広い広い海だった。島影《しまかげ》が小さく見えて、ぼくは鳥になったような気分だった。

ぼくはひとつ大きく深呼吸《しんこきゅう》をした。

空も海もそして島もみんなぼくの体の中へ入ってくるようだった。

ねえちゃんを見ると、ねえちゃんも遠くの空を見ていた。

ねえちゃんはきらっと光るようにきれいだった。

8　五時半の出発

「タカぼう。起きィ」

ねえちゃんの声がした。

ねえちゃんの声をどこか遠くで聞いているようで、ぼくはまた眠ってしまいそうになった。

「タカぼう。起きなさい」

こんどは体を強くゆすられた。

ぼくは寝ぼけまなこで窓《まど》を見た。

「まだうすぐらいやんか。せっしょうや。こんな時間に起こして……」

ぼくはぶつぶついった。

「なにいうてるのん。きょうは九月の一日《ついたち》やないの。約束したやろ。早《は》よ起きるって」

そうやった。

ぼくはびっくりして飛び起きた。まくらもとの時計を見ると、五時三十五分だった。ねえちゃんと約束した時刻《じこく》は五時三十分だから五分おくれている。

ねえちゃんはもう身じたくをすませている。

「ねえちゃん、まにあうか。ぼくをほっといて行ったらあかんで」

ぼくはおろおろいって、あわてて服を着た。

ふたりで下へおりていくと、かあちゃんはもう起きていた。

みそ汁《しる》のいいにおいがぷうんとした。

「朝が早いから、おにぎりを作っておいてくれてたらいいっていったのに……」

ねえちゃんがすまなさそうにいった。

「あんたのやさしい気持ちはちょうだいしときます」

かあちゃんはそういって笑《わら》った。

タマゴやきやホウレンソウのおひたしが食卓《しょくたく》の上にのっているから、かあちゃんは五時前には起きたんだろう。

「タカぼう。眠いでしょ」

かあちゃんがいった。

「うん」

「どう。がんばれる？」

ねえちゃんが横から口をはさんだ。

「一日めからあまやかしたらあかん」

そらそうやろけど、なんやかわいそう、とかあちゃんはいった。

ぼくはまだ頭がはっきりしなくて、雲の上を歩いているような気分だった。

こんなに早く起きたのは、前にとうちゃんに魚つりにつれていってもらったとき以来だった。あのときも、い眠りをしながら道を歩いていてとうちゃんに笑われた。

「とうさんは」

ねえちゃんがたずねた。

「きのう、遅くまで仕事をしていたから、まだ寝ているのでしょ」

かあちゃんはいった。

とうちゃんは絵かきだから、仕事というのは絵をかくことだけど、このごろはデザインの仕事もひき受けてやっている。

そんな話をしているところへ、とうちゃんが冬眠《とうみん》からさめた熊《くま》みたいに、のっそり部屋《へや》へ入ってきた。

「おはよう」

とうちゃんもぼくにまけんくらい眠そうな目をしている。

「おはようございます」

「おはようございまあす」

「オハヨ」

いちばん最後に小さい声でいったのはぼく。

「おとうさん、きのう遅かったのでしょう」

「あけがた二、三時間ほど寝たかな」

とうちゃんとかあちゃんはそんな会話をかわした。

とうちゃんはぼくを見ていった。

「タカユキ、なんや元気ないな」

ぼくはいうてやった。

「ぼく、テーケツアツ」

日曜日、いつまでも寝ているねえちゃんを起こしにいくと、決まってねえちゃんはテーケツアツというのや。

低血圧《ていけつあつ》の人は、朝、体のめざめるのが遅いとねえちゃんはいっている。

「なにいってるの。子どもなのに」

と、かあちゃんはいった。

ぼくとねえちゃんは、とうちゃんとかあちゃんに見送られて出発した。ゴンがついてくるのでゴンをくさりでつないだ。

学校に行くのに出発したなんていうのはおかしいけれど、ここで長いこと夏休みをして、久しぶりの都会行きやから、どうしてもそんな気分になる。

あんまり眠いので、一日めでこらえらいこっちゃとぼくは思った。

「朝五時半に起きて学校に通っている小学生なんて日本の国におるやろか。せまい日本、そんなに早起きしてどこへ行く」

道を歩きながらぼくがそういったら、ねえちゃんは軽蔑《けいべつ》したような目つきでぼくを見た。

ぼくも白い目をぎろっと横に向けて、

「ヘレン・ケラーも顔まけ、信念の人、信念のねえちゃん」

といってやった。

なんかいうてないと、眠いから腹《はら》が立ってくる。

「やあ、早いな」

竹三さんが牛を三頭おって、向こうからやってきた。

「わ、わ」

と、ぼくは道のはしにとびのいた。ぼくは牛は苦手《にがて》。目は血走っているし、荒《あら》い息は吐《は》くし、今にも大きなつので一突《ひとつ》きされそうな気がする。

「ははは……」

と竹三さんは笑《わら》った。

「まだ田舎《いなか》の子ォにはなれんのう」

ぼくはちょっとくやしかった。

「元気で行ってこいよ」

ねえちゃんが頭をさげた。

竹三さんと別れて、ぼくらはつづらおりの山道を真っ正面に海を見て歩いた。

ねえちゃんにいやみをいう材料もなくなったので、ぼくは、

「かーらすなぜなくの……」

とか、

「まいごのまいごのこねこちゃん……」

とか知っているかぎりのどうようを歌って歩いた。

ねえちゃんが頭のそばで、指をくるくるまわした。

「ばかもん。クルクルパーではないわい。なにかいうてないと眠いから、機嫌が悪くなるやろが」

とぼくはいった。

三キロの道のりを歩いて、やっとバス停に着いた。バスのくるのと同時だった。

「おっちゃん、まってくれえ。学校に遅れるう」

と叫んで飛び乗ったら、お客さんが笑った。

「もうあしたから、あんたといっしょに行かへんさかいね」

ねえちゃんは赤い顔をしていった。

「そんなことをいってはいけません。たった一人の弟なのに」

ぼくはそういって海側のいちばんいい席にすわった。ねえちゃんはぼくから離れた別の席にすわって、つんと横を向いた。

「あんた。おもしろい子やね」

魚の買い出しに行っていたらしいおばちゃんが、ぼくの顔を見てそういった。

バスと船は連絡《れんらく》していた。七時十分、船に乗れた。

ぼくはもうそのころは、もうおめめぱっちりでご機嫌になっていた。

船の甲板《かんぱん》で鯨《くじら》にもりをうつまねをして、また、ねえちゃんに嫌《いや》がられた。

「あんたみたいな弟持って不幸や」

とねえちゃんはいった。

「どうやった？」

その日、家に帰るとどうちゃんもかあちゃんも、まちかねていたように、たずねた。

「なにが？」

ぼくはきょとんとした顔で聞き返した。

「一日に六時間近い旅行をしてきたことになるのでしょ。これから毎日でしょ。無理じゃないの」

かあちゃんは心配そうにいった。

「きょうは始業式だけだったから早く帰れたんだろうけど、これからは帰る時刻《じこく》もうんと遅くなるぞ。二人ともがんばってやっていけるか」

とうちゃんもいった。

「平気やで」

とぼくはいった。

「ねえちゃんがうるさいだけや」

とつけくわえておいてやった。

「自分からいい出したことだし、わたしはがんばる。だけどあしたからタカぼうの口にチャックをつけてやってちょうだい。男のくせにぺらぺらしゃべって、もうほんとにはずかしいんだから」

ねえちゃんはそういった。

「そうか」

とうちゃんは少し安心したみたいだった。

「きょうだいげんかするくらいの元気があるのだったらやっていけるかも知れませんね。とうさん」

かあちゃんもいくらか安心したみたい。

「みんな元気だった？」

かあちゃんがたずねた。

「うん、欽《きん》どんもカツドンも風太《ふうた》も、それからトコちゃんも、れーめんも、みんな元気やった」

ぼくは仲良し六人組の名をあげてこたえた。

「くいしんぼうの風太はブタマン十こ食べたらタダにしたると春陽軒のおっちゃんにいわれて、ほんとにブタマンを十こ食べたんやで」

まあ、とかあちゃんはあきれた。

「岸本《きしもと》先生はこの夏休みにインドネシアの田舎《いなか》に蝶《ちょう》をとりに行ってきたんやて」

「ほう」

と、とうちゃんはいった。

「市場の仲間も元気にしてたか」

とうちゃんがたずねた。

「みんな元気やったで」

そうかと、とうちゃんはいった。

「こっちも負けていられへんな。島の生活もいよいよ本格的《ほんかくてき》に腰《こし》入れてがんばらにゃあ」

とうちゃんの目が笑《わら》っていた。

ゴンが遊んでほしいのかワンワンとないた。

9　神さまに叱《しか》られる動物

きょうは日曜日。

やれやれや。

うんと寝ぼうをしてやろうと思ってたのに、五時すぎに目がさめて、(そや、きょうは日曜日や)と思ったら、とたんに頭の中はギンギンギラギラ、おめめぱっちり、人間はほんまに勝手《かって》な動物や。

とうちゃんの大きなゲタはいて外へ出ると、とうちゃんはもう畑に出ていた。

種まきをしてからこっち、気になるとみえて、毎朝一ばんに畑へ出てあちこち見まわっている。

種をまいて一日めからそれをはじめたので、

「いくらなんでもそんなに早く芽《め》の出るはずがないでしょ」

と、かあちゃんにひやかされた。

「ばかもん。せっかくまいた種をスズメやカラスについばまれたらどうするんじゃ」

と、とうちゃんは大声でいったけれど、そのとき、とうちゃんはだいぶあわてていたから、そういったのは照れかくしやと思う。

ぼくはとうちゃんの気持ちがわかる。

夏の暑い日、毎日毎日汗《あせ》を流して畑をたがやし、こやしを入れ、うねを作って、ほんまに苦労したんやもん。

ぼくだって、まいた種がどうなるか気になってしょうがない。

はつかだいこんの種が一ばん早く発芽《はつが》したのやけど、最初にそれを見つけたのはぼくで、そのときぼくは、

「わ、わ、わ、わっ」

と、どんぐり目をむいて大声で叫んでいただけや。

ぼこっと土を持ち上げ、まるでベレー帽《ぼう》をかぶったように種の皮を頭にのっけて気ォつけしとったもんね。

とうちゃんもすごく感激して、

「かわいいなあ、かわいいなあ」

と、うわごとみたいにいうとった。

「とうちゃん。どないや。にんじんの芽は出てるかあ」

ぼくは口の中を、はみがきでまっ白にさせながら畑のとうちゃんに向かってどなった。

いつまでたってもにんじんの芽が出ないので、とうちゃんはずっと心配していたのだ。

とうちゃんが、こっちへこいやと手であいずした。

大きなゲタで、やわらかい土をふんで歩くのはむずかしい。ぼくは宇宙遊泳《うちゅうゆうえい》しているみたいなかっこうで、とうちゃんのしゃがんでいるところまできた。

「タカユキ。これ、にんじんの芽とちがうか」

とうちゃんはそういって、土の上のしきわらを持ち上げた。

にんじんの種は、土が乾燥するのを嫌《きら》うので、わらをおいてやっていた。

ぼくは目を近づけて、とうちゃんの指さす方を見た。

そういえば、ごく細い緑色の糸みたいなものが出ている。ひょろひょろとしてたよりない。

「なにかの草の芽かも知れんしな」

とうちゃんは、そのたよりない芽と同じくらい心細そうにいった。

「けど、とうちゃん。にんじんの種は毛糸のくずみたいな感じやったやろ。そんな種の芽ェやから、これ、やっぱりにんじんの芽ェかも知れへんで」

「うん、うん」

とうちゃんはちょっと元気が出たみたい。

ぼくは不思議《ふしぎ》な気がした。

これがにんじんの芽だとしても、こんな吹けば飛んでしまうようなものに、ほんとうにあの赤いにんじんができるのだろうか。いのちって不思議やなあとぼくは思った。

不思議といえばいま、ふ卵器《らんき》に入れているニワトリの卵《たまご》も不思議で、とうちゃんは二十一日めにヒヨコが出てくるといっているけれど、ほんとにそんなにうまいことといくかなあと、ぼくは半信半疑《はんしんはんぎ》だ。

ニワトリの卵十二個《こ》、アイガモの卵七個がふ卵器に入っている。

二十一日めはあしたや。きょうだったらちょうど日曜日なので、ほんとにぐあいがいいのだが、もし、あした、ぼくが学校に行っているあいだに生まれてしまったら、劇的瞬間《げきてきしゅんかん》が見られへんことになる。

とうちゃんとかあちゃんだけがええとこ見て、毎日毎日時間を決めて卵をひっくりかえす仕事をしたぼくとねえちゃんは、骨折《ほねお》り損《ぞん》のくたびれもうけみたいなことになるやんか。

お昼から竹三《たけぞう》さんにたのんでもらっていたヒヨコのえさを、とうちゃんと二人で取りにいった。

船着《ふなつ》き場のある町は、少し大きな町でそこにペット屋さんがある。手乗り文鳥《ぶんちょう》や十姉妹《じゅうしまつ》のような小鳥を、たくさんおいている。

店にはいると、小鳥のさえずり声がやかましかった。ぼくは胸《むね》がときめいたが、とうちゃんは風が通りすぎるくらいのはやさで顔をしかめた。

とうちゃんは、どんな動物でも人間のペットにするのは反対という主義なんだ。

ぼくらのほかにもお客さんがいたので、順番をまっているあいだ、ぼくは店の中の動物を見ていた。

ハムスターもかわいかったし、ペルシャ猫《ねこ》の子どももかわいかった。けど、ぼくもとうちゃんの子だから、そんなのを飼《か》おうという気はおこらない。

ぼくはウサギの子どものところで足が動かなくなった。

ビー玉みたいな目をくりくり動かして、いそがしそうにえさを食べている。神さまはなんでこんなかわいいものをつくるのやろうとぼくは思った。

「とうちゃん。ウサギ飼おう」

ぼくの口から勝手にそんな言葉が出てしまっていた。

とうちゃんがぼくのそばにきた。

「とうちゃんは動物をペットにするのはきらいなんや」

とうちゃんは店の人に聞こえないように、小さな声でぼそぼそといった。

「そら、わかってるけど、ニワトリを飼うのと同じ気持ちでウサギを飼ったらええやんか」

ぼくもとうちゃんの耳もとで、聞こえるか聞こえないくらいの声で、しょぼしょぼといった。

「とうちゃんは四つ足の動物はよう殺さん」

「……」

「な。あきらめろ」

「……」

「それともおまえ、ウサギを殺して肉にようするか」

「あかん」

ぼくはあわてていった。こわいことをいうなあ、とうちゃんは。

「な、あきらめろ」

「うん」

ぼくは心の中で、ウサギにサイナラをいった。

とうちゃんは店の人に竹三さんの名をいった。店の人はうなずいて十センチ四角の紙包みを三つ、とうちゃんに渡《わた》した。

とうちゃんはへんな顔をして、その紙包みに印刷《いんさつ》してある字を読んでいる。

ぼくは横からそっとのぞいた。

大きな活字で、PYFのえさ、「手乗りオウム、インコ」用とあった。

ぼくは小さい方の活字も読んでみた。

トウモロコシ、小麦、玄米《げんまい》、ピーナツ粉、雑穀類《ざっこくるい》、クロレラ、ぶどう糖《とう》、ビタミン等《など》を配合とある。えさの内容《ないよう》らしい。

「ニワトリのひなのえさですけど、これでいいんですか」

と、とうちゃんは店の人にたずねた。

「上等すぎますワ。ニワトリみたいなもんに……」

店の人がそういった。とうちゃんはむっとしたような顔をした。

「とうちゃん」

ぼくは小さな声でいった。とうちゃんはやっとの思いで怒《いか》りを押さえたようだった。

お金をはらって店を出た。

「ニワトリみたいなもんとは、なんといういいぐさや。手乗りオウムが上等でニワトリは値打《ねう》ちがないという考え方は、自然をばかにした考え方や」

店を出るなり、とうちゃんはさも腹《はら》が立つというふうにいった。

「クロレラ、ぶどう糖《とう》、ビタミン配合やなんて、こんなもんが上等で鳥たちがよろこぶと思うとんのか。ばかもんが。鳥は自然のものを十分食べてこそ満足して、立派に成長するのや」

ぼくもとうちゃんの考えに賛成や。店の人がぼくのとうちゃんでなくてよかった。

「そういうたら、ウサギもなんかへんなもんを食べてたで」

「あおいビスケットみたいなもん食べてたな。固形飼料《こけいしりょう》やな、あれは」

「ウサギは新鮮《しんせん》な草が食べたいやろうにな。とうちゃん」

ぼくはなんだかウサギがかわいそうだった。

動物をペットにするのはよくないというとうちゃんの考え方が少しわかるような気がした。動物をかわいいと思ったり、かわいがったりするのは悪いことではないけれど、それで動物がしあわせかどうかいつも考えておいてやらんといかんのやなあと、ぼくはそのとき思った。

カブトムシをつかまえて、町に持っていくのはあまりいいことやないねんな。

「人間はそんなにいい動物とはいわれへんねんな」

とぼくがいったら、とうちゃんは、

「死んでいちばん先に神さまに叱られる動物が、人間やろ」

といった。

自給自足の生活をするためには、どうしてもニワトリを飼う必要があると、とうちゃんはいう。だけどそのことでとうちゃんはずいぶん苦労した。

まわりは農家なのに、ニワトリを飼っている家は一けんもない。

ヒヨコは手に入らなくて、やっと友だちに有精卵《ゆうせいらん》を分けてもらった。

飼い方がわからないので、あちこちの本屋でニワトリの飼い方がのっている本をさがしたが、一さつもなかった。とうちゃんはしょげた。

「日本はだめになってしもたなあ」と、ため息をついていた。

スーパーにいけば安いタマゴがいくらでも買えるから、とうちゃんのやっていることはばかみたいだけれど、とうちゃんの苦労を見ていると、ぼくはとうちゃんをばかだとは思えない。

「とうちゃん。あしたヒヨコが生まれるなあ」

ぼくはとうちゃんをなぐさめるつもりでいった。

ぼくは一つ大きなあくびをした。

「タカぼうの気持ちはわかるけど、あした学校があるのやから、あきらめてもう寝なさい」

と、かあちゃんはいった。

「あきらめたら、いままでの苦労が水のあわや」

ぼくはそういったけど、いいおわったとたん、また大きなあくびが出て、ぼくはふやふやふぁあーといった。

とうちゃんが笑《わら》った。

十二時になったら二十一日めになる。まさか十二時にいっせいに卵《たまご》のからが割《わ》れて、ヒヨコが飛び出てくるとは思わないけど、一ぴきくらいはくちばしだけでものぞかせてくれへんかなあとぼくは思って、眠いのをがまんして起きているのや。

あんまり卵とにらめっこをしていたので、目が疲れてしまった。

眠いのと目の疲れで、ぼくの目は一山二百円で売っている安もののイワシの目みたいになってしまった。

十一時をとうに回ったのに卵の割れる気配はない。

ねえちゃんが部屋《へや》に入ってきた。ねえちゃんは中学二年で、一時くらいまで勉強していることはざらやから、夜の遅いのは平気や。

「へえ。タカぼうがんばってんねんなァ」

「それ、尊敬《そんけい》しているのかばかにしてんのかどっちや」

「どっちにしようかしら」

ねえちゃんはすましていった。

「タカぼう。眠いんでしょ」

ねえちゃんはふくみ笑いをしている。

「あたりまえや。ばかもんが――」

「眠くならないくすりをつけたげよか」

「……」

「わたし、いつもつけてるのよ」

ぼくはもうちょっとがんばろうと思った。

「つけろ」

ぼくはえらそうにいった。ねえちゃんは小さい白い器《うつわ》をあけて、指になにかぬった。それをぼくの目の下に、すっとなすった。ひやっとした。

「わっ」

と、ぼくは声を出した。

なにかへんや。

「わ、わ、わ、あ」

ぼくは大声を出していた。

「目が痛《いた》いィ！　目がつぶれる！　わあっ！」

あんた、なにぬったの、というかあちゃんの声が聞こえた。メンソレータムというねえちゃんの声。

「わあー！」

ぼくはざしき中ころげまわった。

大騒ぎになってしもた。

とうちゃんが冷たくしたタオルで目をふいてくれた。それでちょっと痛みがおさまった。

「ねえちゃんをおこってくれ。そやなかったら、ぼくはけいさつに110番するぞ」

ぼくは大声でいった。

とうちゃんとかあちゃんがねえちゃんを叱《しか》った。けど、ほんのもうしわけていどやった。

そのときや。

かあちゃんが、

「あっ」

と叫んだ。

10　風太のピンチ

「卵《たまご》にひびが入っている！」

かあちゃんの声にみんなびっくりして、ふ卵器《らんき》の中をのぞきこんだ。

「どこ、どこ？」

「その卵よ」

ほんの少しだけど、卵の一つが割《わ》れかけている。二センチばかりのひび割れだけれど、ぼくは胸《むね》がどきどきした。

「あっ！　動いた」

ぼくは大声を出した。

中からヒヨコがくちばしでからをつついているのや。

（がんばれよ）

ぼくは心の中で応援をした。目の痛いのは、とうにどこかに行ってしまった。

何回か動きがあって、やっと黄色いくちばしがのぞいた。

「わっ。やったあ！」

ぼくはかん声をあげた。

ずいぶん時間がかかっている。卵が割れてヒヨコが出るというけれど、卵のからを少しずつこじあけるという感じだった。

ぼくの体にまで力が入って、汗《あせ》が出てくる。

「人間でもニワトリでも、新しいいのちを誕生《たんじょう》させるということは、いのちがけのことなんよ」

とかあちゃんがいった。

ヒヨコは身をもがくようにして、なんとか外へ出ようとする。卵のからはなかなか割れない。人間であるぼくらにとってはやわらかいからでも、ヒヨコにとっては、たいへんかたいからなんだろう。

十回くらい必死で体を動かして、やっと一センチ四方ほどの卵のからが、ぽろっとこぼれ落ちた。

頭が見えた。

「ああ、もう疲れるわあ」

とねえちゃんがいった。

ねえちゃんもぼくも同じ気持ちのようだ。

割れめができてヒヨコは少し楽になったのか、顔の部分はわりあいはやく出た。けど、そこからがまたたいへん。

いくら体を動かしても、それ以上卵のからは割れないのだ。

ヒヨコは疲れはてたのか、死んだようにぴくりとも体を動かさなくなった。

その時間がほんとうに長いので心配になってくる。

「死んだんやろか」

ねえちゃんがそういったとたん、ヒヨコはまた、はげしく体を動かした。

だいぶ体が見えてきた。

体は水をかぶったようにびっしょりぬれている。図鑑《ずかん》で見るふかふかした毛におおわれたかわいいヒヨコと大ちがい。痛そうな赤いはだも見える。すごくよわよわしい。なんだかぼくはつらくなってきた。

「ふう」

と、ぼくは大きなため息をついた。

「たいへんなんやなあ」

とうちゃんはそういって、ひたいの汗をぬぐった。

みんな同じ気持ちなんや。

その夜、ぼくたちが寝たのは一時半で、それでもまだヒヨコの体は完全に卵から出ていなかった。

つぎの朝、二ひきヒヨコがかえっていた。足もとはひょろひょろだったけど、ピヨピヨと元気のいい声で鳴いていた。

「おめでとうさん」

かあちゃんがぼくの顔を見ていった。

「うん、うん」

ぼくはなんだかてれくさかった。なんだかぼくがヒヨコを生んだみたいや。

ほかの卵もだいぶ割《わ》れかけていた。

「この調子《ちょうし》なら全員おめでたやぞ」

とうちゃんもうれしそうだった。

ぼくはその日、生まれたばかりのヒヨコに、

「行ってきます。ぼくが帰ってくるまで元気でいてちょうだい」

といって、学校へ行った。

「ヒヨコがかえって、ぼく、こーふく」

学校へ行って、岸本先生にそう報告《ほうこく》した。

「そうか、そうか」

岸本先生はにこにこして、そういってくれた。なんでも本気になってくれるから、ぼく、岸本先生が好《す》きなんや。

けど、その日、「こーふく」の反対の事件がおこった。

ぼくは小学生で、ねえちゃんは中学生だから、学校が終わる時間がべつべつや。

ねえちゃんが下校する時間まで、ぼくはガマ口のおっちゃんの店の二階で宿題《しゅくだい》をして、

残った時間、欽《きん》どんやカツドンや風太《ふうた》と遊んでいる。勉強がすむと、ぼくはガマ口のおっちゃんのおばちゃんから、おやつをもらう。これはぼくのかあちゃんとおばちゃんのとりきめ。

その日、ぼくがおやつのスイートポテトを食べてたら、なんや風太がへんなんや。

まっさおな顔をして、足をぶるぶるぶるふるわせている。

「どないしたんや。風太」

びっくりしてぼくがたずねると、風太は、

「ひょーん」

と、笛《ふえ》みたいな声を出して泣《な》き出した。

「どないしたんや」

「どないしたんや」

欽どんもカツドンもおどろいて口ぐちにいった。風太が泣くなんてよっぽどや。

「ぼく、きのうからなんにも食べてえへん」

そういうと風太は顔をくしゃくしゃにして、ひぃーと泣いた。

ぼくらは顔を見合わせた。

「風太。どういうことや。ちゃんと説明せえ」

欽どんがいった。

ぼくは食べかけのスイートポテトを、

「これ、はよ食え」

と、風太におしつけた。

「食うたら説明せえよ」

と欽どんがいった。

風太は泣きながらスイートポテトを食べた。風太の涙《なみだ》で、スイートポテトはだいぶ塩からいやろなと、ぼくはしょうもないことを思った。

「お金落としてしもたんや」

スイートポテトを食べ終えると、風太はだいぶ落ちついたのか、ぼそっといった。

「お金を落としても、家でごはんを食べられるやろ」

「家にとうちゃんもかあちゃんもいてえへん」

「なんやて」

三人はまた顔を見合わせた。

「きのうからどっかへ行ってしもうた」

風太はたいへんなことをいっている。

「ほな、おまえ。きのうのばんごはんからなんにも食べてえへんのか」

きょうは給食がない。三食も食べてないことになる。

なぜ風太がまっさおな顔をして足をふるわせていたのかわかったけど、これは子どもだけではどうにもならへん事件だった。

「かわいそうなことをしてしもたなあ」

ガマ口のおっちゃんが目をしょぼしょぼさせていった。

「すみません。ぼくがいちばん先に気がつかんといかんのに……。教師失格《きょうしいしっかく》です」

岸本先生はかわいそうなくらいしょげている。

風太はラーメンと八宝菜《はっぽうさい》とすぶたを前に並《なら》べてもらって、ちょっぴり涙を浮《う》かべながら食べていた。

オスのれーめんが急いで作ったのだ。

「もうちょっとでうえ死にするとこやった。うむうむ」

パンツ屋のおっちゃんは腕組《うでぐ》みをして、店の中をぐるぐる歩きながら、深刻そうにいった。

「おまえはしょうもないことはべらべらしゃべるのに、どうしてかんじんのことはきちんといえんのや」

お留守ですのおっちゃんはそういって風太を叱ったけど、目に涙をためていた。

お留守ですのおっちゃんは、子ぼんのうや。

「子どもと年寄《としよ》りをいじめるやつが、わしはいちばん嫌《きら》いや」

お留守ですのおっちゃんはいつもいっている。心がやさしいんや。

みんな、れーめんの店に集まってきて、風太のことを家族みたいに心配していた。

今までにわかったことは、風太のとうさんとかあさんは、風太の下の小さい子をつれて、親せきの人がいる九州まで職《しょく》さがしにいったということだ。

綿《わた》をうち直す工場で働いていたんだけど、そこの工場主任《しゅにん》が、風太のとうさんをなにかにつけていじめるので、たまらなくなって飛び出したんやそうや。

風太の家はその工場の納屋《なや》のひとすみにあるので、けんかをすると居《い》づらくなる。

そんなことでお金だけ渡《わた》して、風太に事情《じじょう》をくわしく説明しないで家を出た。それでこんな大騒ぎになったというわけ。風太のとうさんとかあさんは四、五日で帰ってくるということだった。

「それまで風太くんはぼくの家であずかります」と、岸本先生はいった。

「先生の家は遠いからたいへんや。わし、この子の面倒みます」

そうガマ口のおっちゃんはいった。

「ぼくがあずかるワ。子どもがたくさんいるから風太もさびしくないやろし……」

と、お留守ですのおっちゃんもいった。

「学校にいちばん近いから、おっちゃんの家どうや」

負けたらいかんという感じで、パンツ屋のおっちゃんはいった。

「風ちゃん。うちとこへおいでえ」と、れーめんがいった。

「毎日、ギョウザ食べられるぞ」と、オスのれーめん。

「風太ちゃん、もてもてやね」

と、パンツ屋のおばちゃんが風太をはげますようにいった。

けど、風太はいった。

「ぼく、タカぼうとこへ行きたい」

「ただいまァ」

ぼくは大声でどなった。

「ただいま」

風太ははずかしそうにいった。風太がただいまというのはおかしいのやけど、だれも笑《わら》わなかった。

「よくきたね。風太くん」

かあちゃんが笑顔《えがお》でむかえてくれた。

ガマ口のおっちゃんが、電話で事情を話してくれていた。

「風太くん、早《は》よ、あがりなさい」

ねえちゃんもすごくやさしい。

「ようきた、ようきた」

とうちゃんは風太の頭をなでていった。

「ヒヨコちゃんは？」

風太が少しこーふくになったので、ぼくは気になっていたヒヨコのことをたずねた。

「見てごらんなさい」

かあちゃんの目が笑《わら》っている。いい予感がした。

「ぼく、こーふく。風太、いこ」

ふ卵器《らんき》の中を見て、風太が目をまん丸《まる》にした。

五ひきもヒヨコがかえっている。すごく元気や。あと七個《こ》のニワトリの卵《たまご》も割《わ》れていた。

「すごいやんか」ぼくは興奮した。

「タカぼう。よかったな」

風太がいった。

「うん。風太もよかったな」

「うん」

風太もこっくりした。


夕飯《ゆうはん》にかあちゃんが風太の好物《こうぶつ》のちらしずしを作ってくれた。

「風太くん。たくさんおあがりなさいよ」

かあちゃんがいった。

風太はお昼に、ラーメンと八宝菜《はっぽうさい》とすぶたを食べてきたのに、おかわりを三回もした。

デザートのすいかを食べてるとき、ぼくはとうちゃんにいった。

「ぼく、なんか、こわくなってしもうたワ」

「……？」

「都会にはおいしい食べ物がいっぱいあるやろ。けど、お金がなかったらなんにも買われへん。そう思たら、ぼく、こわなってしもうた」

とうちゃんは、うーんと唸《うな》り、かあちゃんは、そうねえといって小さなため息をついた。ねえちゃんはなにかいっしょうけんめい考えていた。その夜、ぼくは風太とひとつのふとんでねた。

「風太、おやすみ」

「タカぼう、おやすみ」

みんなおやすみなさい。

11　とうちゃんは泣いた

「タカぼう、風太《ふうた》くーん。起きなさいよ」

ねえちゃんの声で目をさました。

前の晩《ばん》、卵からかえるヒヨコを夜遅くまで見ていたので、眠くてしょうがない。

ぼくは目をこすりながら、もそもそ起き上がった。横を見ると風太はまだ眠っている。のんきなやつやなあと思って風太の寝顔を見ていると、

「むにゃむにゃ。ぼく……タカぼうとこへ……いくねん……」

と、寝言をいった。

ぼくはフフフと笑《わら》った。

ぼくは人がしあわせそうなとき、なにかいたずらをしたくなる悪いくせがある。

ぼくはちりがみでこよりを作った。とうちゃんやかあちゃんのようにうまくはいかないけど、それでもなんとか、ほにゃほにゃしたこよりができた。

「タカぼう。なにしてんの。もう起きなさいっていったでしょ」

とつぜん、ふすまがあいてねえちゃんの顔がのぞいた。

「びっくりするやないか。ばかもん。心臓《しんぞう》マヒで死んだらどうしてくれるんや」

ぼくはあわてて、こよりを背中《せなか》にかくした。

ねえちゃんは変な顔をして、じろじろぼくを見た。

ぼくはねえちゃんに、あっちへ行けと手をふった。

「もうごはんができてるのんよ。早く風太くんを起こして、いっしょにきなさいよ」

へえへえとぼくはいった。

風太はまだ寝てる。

ねえちゃんが行ってしまってから、ぼくはこよりを取り出して、それを風太の鼻《はな》の穴《あな》の入り口で、もしょもしょ動かしてやった。

顔にたかった虫でも追っぱらうように、風太は顔の筋肉《きんにく》をぴくぴくさせた。

笑い出しそうになるのをこらえて、こよりで風太の鼻をくすぐっていると、風太は、

「ふあっ、ふあっ、ふあっ」

と、いまにも大きなくしゃみをしそうになった。

（もうひとがんばり）

そう思ってがんばっていたのに、風太はくしゃみをする前に手でこよりをはらいのけ、とろりんと目をあけてしまった。残念。

「ここ、タカぼうとこの家やってんなあ」

と、風太はお人好《ひとよ》し丸出《まるだ》しの声でいった。

（なんや、せいないな）

ぼくはこよりをうしろにかくした。

「風太。もう起きろ」

「ここ、ほんとにタカぼうとこやなあ。ぼく、タカぼうとこ好《す》きや」

風太は春の風みたいにとろんとしあわせそうだった。

「すごいなあ。とうちゃん。ニワトリの卵《たまご》を十二個《こ》入れて、みんなかえってヒヨコになったんやもんなあ」

朝ごはんをすませて、ぼくらはふ卵器《らんき》の前でがやがやいっていた。

まだ二ひきは完全にからから出ていないけれど、体がすっかり見えているから安心や。

「はじめてにしては成績良好《せいせきりょうこう》や」

とうちゃんもうれしそうだった。

「アイガモもみんなかえったらいいのにな」

アイガモが卵からかえるのはニワトリより少し遅れるそうだ。

「タカぼうとこ、ええなあ」

と、風太はうらやましそうにいった。

「お金がなくてもごはんが食べられるもんな」

風太がそういうと、ぼくはなんだかとてもつらくなる。

きのうの夜、ぼくがいったことを風太のやつも考えとったんやな。

風太とぼくとくらべると、ぼくの方がしあわせといえるのやろけど、自分はしあわせでも自分の友だちがそうでなかったら、そのしあわせがなんだか悪いみたいな気がする。

「風ぼうもここの子や」

とうちゃんが陽気にいった。

風太はとうちゃんの顔を見て、少しはずかしそうににこっと笑《わら》った。とうちゃんええとこあるとぼくは思った。

「ほな、どっちが兄きでどっちが弟や」

とぼくが聞いたら、とうちゃんは、

「ジャンケンで決めとけよ」

といった。

かあちゃんがホホホと笑った。

「さあ、仕事、仕事」

と、とうちゃんはいった。

「休みやのに仕事をするのんかあ」

ぼくが不満そうにいったら、とうちゃんは、

「あたりまえやろ。働かざるもの食うべからずや。風ぼうも、きょうは、半日は畑仕事を手伝わすぞ」

といった。

「なんや。ぼくはまたアトリエで絵をかくのかと思うたやないか」

風太が、

「ぼく、畑、する」

と大きな声でいった。

「風太さんはお客さんやよって、嫌《いや》だったらしなくてもいいのよ」

と、かあちゃんがいった。

「ばかもん。風ぼうはうちの子って、いま決めたとこやろ」

とうちゃんがそういって、かあちゃんを叱《しか》った。

風太はうれしそうな顔をした。

「ばかもんというのはタカぼうの口ぐせかと思てたら、タカぼうのとうちゃんもばかもんっていうのやなあ。タカぼうやタカぼうのとうちゃんがばかもんっていうと、なんかええ

感じやあ」

風太は妙《みょう》なことに感心した。

みんな長ぐつをはいて畑に出た。

ゴンがワンワンとほえたけど、畑仕事をするときはゴンはくさりでつないでいる。

風太は長ぐつがないので、ねえちゃんのを借りた。真っ赤な長ぐつをはいて風太ははりきっていた。

とうちゃんが先にこしらえていたうねを、わざわざクワで半分に割《わ》っていった。鶏《けい》ふんや油カスのこやしを入れるためだ。

じき汗《あせ》が出た。

ぼくらはもうだいぶなれているが、風太はたいへんやろなと思って、風太を見ると、風太はきゅっと口を結《むす》んですごく真剣《しんけん》にクワを使っていた。

ぼくはへえーと思った。

風太があんな男らしい顔をするのかとぼくは思った。

風太はお人好しで、いつも、どこかふにゃふにゃしているのに、別の風太がそこにいた。

新しいうねができたので、種まきをした。前にまいたはつかだいこんやはくさいは、もうだいぶ大きくなっている。

三分の一くらいの畑に緑がある。畑がやさしくなったみたい。

シュンギクやホウレンソウ、タマネギやパセリの種をまいた。

「タカぼうのとうちゃん。それ、ソラマメか?」

風太が聞いた。

「そや。ソラマメや」

「ぼく、ソラマメの塩ゆで好《す》きや」

また、いつもの風太にもどっていた。

「それ、エンドウマメか」

「そう」

「ぼく、エンドウマメのごはん好きや」

「そうかそうか」

とうちゃんはにこにこしながら、風太の質問《しつもん》にこたえていた。

お留守ですのおっちゃんのように、食いもんのことになったら、どうしてそんなにおまえは熱心になるのんやといわれる心配がないので、風太は安心しているみたいやった。もっとも、そういわれても風太は平気やけど。

「ひと休みするか」

と、とうちゃんはいった。

あぜに腰を下ろして、ぼくらは冷たい牛乳《ぎゅうにゅう》を飲んだ。

ゴンがワンワンとほえた。

「あかん。働かざるもの食うべからずや」

とぼくはゴンにいうてやった。

「おいし」

と、風太がいった。

「ああ、おいし」

と、ねえちゃんもいった。

「うまか」

と、ぼくはテレビのコマーシャルの真似《まね》をしていった。

「いまここにコーラと牛乳があったらどっちを飲む？」

とうちゃんがとつぜん妙なことをたずねた。

「コーラ」

風太がこたえた。ぼくもそうだけど、とうちゃんがコーラぎらいなことを知っているので、ぼくはちょっと返事につまった。

「もう一つ聞くけど、都会にいて、こづかいも十分あって、そして買って飲むコーラの味と、いま飲んだ牛乳の味はどっちがうまい？」

「いま飲んだ牛乳」

風太がすぐこたえた。

「風ぼうもタカユキもかな子も、それはどうしてかということを、ようく考えてみなさい。とても大事なことや」

「そうね」

　と、かあちゃんもいった。

「風ぼう。きのうはつらかったやろけど、きのうのつらいことは大きくなっていい経験《けいけん》をしたと思える日がきっとくるよ。それにしても風ぼうはえらいな」

　と、とうちゃんは風太をほめた。風太はほめられてきょとんとしている。ぼくもどうして風太がほめられたのかよくわからない。

「ぼくもね。昔《むかし》、子どものとき、何日もごはんが食べられなくて、風ぼうみたいに足をぶるぶるふるわせていた日がある。そのときぼくはひもじさに負けてドロボーをしてしまった」

　ぼくはどきっとした。そんな話、はじめて聞いた。ねえちゃんもびっくりして、とうちゃんの顔を見つめている。

「日本が戦争に負けてすぐのころや。学校の運動場を畑にして、イモやカボチャを植えていたね。それくらい物のない時代だった。ぼくのとうさんと二番めのにいさんが電車の脱《だっ》線事故《せんじこ》にあって入院してしまった。ぼくのかあさんは看病《かんびょう》に行ってしまう。残されたぼくらは一握《ひとにぎ》りの麦をぞうすいにして食べてたんだね……」

　ぼくは、とうちゃんの兄弟、つまりぼくのおじさんやおばさんの顔を思い浮《う》かべていた。とうちゃんは七人兄弟で、とうさんのいちばん上の兄さんは戦争にいって死んでいる。

「それで、かあさんが帰ってくる日までなんとか食いつなぐつもりだったんだけど、ぼくたちが学校に行っているあいだに、弟や妹がそのぞうすいを、みんな食べてしまったんだ。なんにも食べるものがなくなってしまった。とうとう立っていられなくなってね。兄弟みんな、ぎょろぎょろ目だけ光らせてたたみの上にころがっていたね。兄がこのままでは死んでしまうと思ったんだろうね。ドロボーに行こうといったんだ。学校の裏《うら》の畑のトウモロコシをとりにいこうと、そういったんだ」

かあちゃんはうつむいてしまった。ぼくはなんだか泣《な》きそうになってきた。

「こわかったよ。ドロボーするのはこわいね。平気でドロボーする人間なんて、一人もいないと思うね。トウモロコシをくきからはがす前に先生に見つかってしまった……」

またぼくの胸《むね》がどきんと鳴った。

「その先生はぼくらを叱らなかった。その先生は自分の家へぼくらを連れて帰って、白いごはんをおなかいっぱい食べさせてくれたんだ。家にいる弟や妹たちのために、おにぎりまで作ってくれた……」

とうちゃんの声が急にふるえた。とうちゃんは泣いていた。

「風ぼうはえらいよ……腹《はら》がへるって……つらいことだよな……風ぼうはえらい」

とうちゃんは泣きながら風太の頭をごしごしなでた。

風太は下を向いた。風太の目から涙《なみだ》がぽちっと落ちた。

ねえちゃんの肩《かた》もふるえている。

ぼくは前の海をにらみつけた。海はじきぼやけて見えなくなった。

第2部　今日をけとばせ

1　虎《とら》の子のこづかいで

みんながぼくの家へ遊びにきた。

その理由やけど——。

おなかをすかせて青い顔でふるえていた風太《ふうた》を、みんなが心配した。

みんなは、風太を自分の家にあずかるといったのに、風太は、ぼくの家へきたいといった。それはいいのだけど、ぼくの家へくるためには船や電車やバスに乗らなければならないので、八百円ほどお金がいる。

欽《きん》どん、カツドン、トコちゃん、れーめん、それにぼくは、風太のために虎の子のこづかいを出し合ったんや。

「身銭《みぜに》をきらなあかん。それがほんまの友情《ゆうじよう》や」

そのとき、パンツ屋のおっちゃんは、腕組《うでぐ》みして深刻《しんこく》そうにぼくらにいった。

欽《きん》どんが白い目で、パンツ屋のおっちゃんを見た。

「ぼくらかてタカぼうとこに行きたいんやで。そう思うてタコ焼きも買わんと、しまつしてお金ためとったんやで」

欽どんはうらめしそうにいった。

「友だちのためには火の中、水の中……。それが男というもんや」

パンツ屋のおっちゃんは、なぜかうれしそうにいった。

「うち女やで」

と、れーめんがもんくをつけたけど、パンツ屋のおっちゃんは知らんぷりをした。

「もうパンツ買《こ》うたれへんさかいな」

と、れーめんはくやしそうにいってお金を出した。

岸本《きしもと》先生が風太の旅費を出すといったのに、パンツ屋のおっちゃんが、

「子どもの美しい友情に、大人がかんしょうしてはいかん。ふむ、ふむ」

と、ええかっこいうて、ぼくらがお金を出すことになってしもたんや。

「お金へるゥー」

トコちゃんは泣《な》きそうな声でいって、百六十円出した。

「風太。な、な。百六十円も出すのんやで。な、な。このこと死んでも忘《わす》れんとってよ」

カツドンは恩着《おんき》せがましく、何回も何回もいった。

ガマ口のおっちゃんも、お留守ですのおっちゃんもオスのれーめんも、にこにこ笑《わら》って
ぼくらを見ているだけだった。

とうとう大人は一円も出さなかった。岸本先生だけ、悪《わる》いことをしたような顔をして、
もじもじしていた。

風太が、

「ごめんな」といった。

「ええねん、ええねん」

と、欽どんは男らしくいった。

「風ちゃん。気にしいなよ」

と、れーめんもいった。

「大きくなっておまえが社長になったら返してな」

と、カツドンは未練がましくいったけど、みんなににらまれて、

「社長にならへんかったら、かやさんでもええで」

と、口の中で、もしょもしょいった。風太は大きくなったら社長になるのかな。

ともかく、みんなそのときは男らしかった。


昼すぎ、みんなやってきた。

このまえきたときは、

「欽どん、ただいまやってまいりました」

とか、

「ジャンジャジャジャーン」

とかいって、すごく元気だったのに、欽どんもカツドンも、トコちゃんもれーめんも、

ガマ口のおっちゃんやパンツ屋のおっちゃんの後ろにかくれるようにして、なんか元気がない。

オスのれーめんと、お留守ですのおっちゃんが、かあちゃんに、

「すみません」

とあやまった。

「いったいどうしたんですか」

と、とうちゃんがたずねた。

「説明せんとしょうがないかなあ」

と、ガマ口のおっちゃんがのんびりした口調《くちょう》でいった。

どうしてか欽どんらは、いっそう小さくなってしまった。

犬のゴンまで首をかしげて、そんなみんなをふしぎそうに見ていた。

「……まあ、そういうことで、風ぼうの旅費をみんなで出したまではいいんやけど、家へ帰って、みんな泣《な》き出しよったんやね」

と、ガマ口のおっちゃんはいった。

とうちゃんとかあちゃんは顔を見合わせた。ぼくも思わず風太の顔を見た。

お金を出したところまでは知っているけれど、それから後のことはぼくは知らない。

「せっかくタカぼうのとこへ行こうと思ってお金をためとったのに……というてな。また、はじめから、ためんといかんいうて泣き出してしもうたそうや」

ガマ口のおっちゃんはそういって、小さくなっている欽どんらを見た。目が笑《わら》っていた。

みんなには悪いけど、ぼくはなんだかおかしかった。

あんなに男らしく風太のためにお金を出したのに、家に帰って泣くやなんて。けど、みんなはそれくらい島のぼくの家へきたがっているんやな。

ぼくは、ガマ口のおっちゃんら大人たちが、お金を出し合ってみんなをつれてきたんやなと、そのとき思った。

「みんな、あがりィ。ヒヨコ見るかァ」

ぼくはみんなをはげますように、できるだけ明るく大声で、そういった。

とうちゃんもかあちゃんも、にっこり笑った。


みんなは、じき元気になった。

欽どんは風太に、

「たっしゃにしてるかァ」

といって、お留守ですのおっちゃんに笑われた。

「たっしゃにしてる」

と、風太がまじめにこたえたので、こんどはみんなが笑った。

「きのうもたっしゃやったやんか」

と、れーめんがいった。

ぼくらの仲間は、なんかとんちんかんや。

みんなでヒヨコを見た。

「タカぼう、ええな」

と、欽どんがうらやましそうにいった。

「うちも、こんなん飼《か》いたい」

トコちゃんは体をくねくねさせていった。

「ニワトリ小屋に入れよう」

と、カツドンがいった。

「卵《たまご》からかえって、まだ二日しかたってないし、親がいないからね。もう少し、ここにおいてやらないと……」

と、とうちゃんはいった。

「生まれたときから親がいてえへんのかあ」

と、カツドンは不思議《ふしぎ》そうに、そして不満《ふまん》そうにいった。

「変だね」

と、とうちゃんはいい、みんなも、

「変やなあ」

といった。

それから、みんなヒヨコがいっそうかわいくなったみたいだった。

ふ卵器《らんき》の中はせまいから、ダンボールでヒヨコの家を作ろうと、れーめんがいった。みんな賛成した。

「2DKにしよう」

「あかん。3DKや」

「4DKにする」

みんな口ぐちに勝手なことをいった。

「都会の子ォはみみっちいことというなあ」

と、パンツ屋のおっちゃんはちょっとなさけなさそうにいった。

その日、パンツ屋のおっちゃんがいいかっこをしたばっかりに、子どもがとくをすることになった。

帰りが遅くなってはいけないからと、かあちゃんは早めに夕食の用意をした。

「急だったのでなんにもごちそうはありませんよ」

かあちゃんはそういったけど、すごいごちそうだった。

イカ、エビ、ハマグリ、牛肉、ピーマン、シイタケ、トウモロコシ……。

いろりに真っ赤な炭火《すみび》をどっさりおいて、ろばた焼きをした。

まだ、なにも焼けていないうちに、風太はちゅるりんとよだれを落とし、欽どんらは、ごくんと生つばを飲みこんだ。

とうちゃんらはお酒を飲みはじめ、ぼくらは、すごいスピードでごちそうを食べはじめたのだった。

ねえちゃんをいれると七組のはしがごちそうの取り合いをするので、戦争みたいやった。

「かあさん、助けてえ」

と、ねえちゃんは悲鳴をあげた。

「あーあ、うちもう満腹《まんぷく》や」

と、れーめんはいった。それから、オスのれーめんに、

「うち、きょうタカぼうとこへ泊まるゥ」

と大きな声でいった。

「ぼくも」

「ぼくも」

「うちも」

みんなあわてて口ぐちにいった。

「みんな、泊まっていくか」

と、とうちゃんはいった。

「奥《おく》さんに叱《しか》られますよ」

と、かあちゃんはとうちゃんのひじをつついていった。

「パンツ屋のおっちゃんは、かあちゃんがこわいからなァ」

と、お留守ですのおっちゃんがパンツ屋のおっちゃんをひやかした。

「べらぼうめ。かあちゃんがこわくて、パンツがはけるか」

だいぶ酔《よ》っていたパンツ屋のおっちゃんは、なんやわけのわからんことを威勢よくいった。

それがきっかけになって、みんなぼくの家へ泊まることになったんや。

「あす、早起きでもいいか？」

ガマ口のおっちゃんがいった。

「いいで——す」

と、みんな口をそろえていった。

かあちゃんがあわてて、欽どんやカツドンやトコちゃんの家へ電話をした。

「うれし」

「うれしいわあ」

みんなOKになって、れーめんとトコちゃんが、いちばんにそういった。

欽どんとカツドンは、もう、とけてしまいそうなくらいの笑顔《えがお》やった。

「そうと決まれば、どかんと飲むかあ」

ガマ口のおっちゃんはうれしそうにいった。

「みんな友だちを大事にせなあかんぞ。おっちゃんはおまえたちが好《す》きや。勉強ができても、人のことなんか知らんというようなやつは人間のカスや。おまえたちを見てると、心の中がきれいになる。おっちゃんはそんな気になる。みんなおっちゃんと死ぬまでつきおうてや」

　みんな、ガマ口のおっちゃんにすごくほめられた。

　その晩《ばん》、ぼくらはディスコ大会をひらいたんや。

「Y・M・Oのレコードかけて、おどらへん？」

　と、ねえちゃんがいうて、みんな大賛成。

「Y・M・Oいうてなんや」

　と、ガマ口のおっちゃんがたずねた。

「イエロー・マジック・オーケストラのことやんか」

「イエロー・マジックってなんや。手品《てじな》かいな」

「なんでイエロー・マジックが手品やの。テクノポップやないの、おっちゃん」

「ふーん」

　と、ガマ口のおっちゃんはいったけど、きょとんとした顔をしてたから、なんのことかわかってえへんとぼくは思う。

　けど、音楽が鳴り出したら、

「こらおもろいな」

　といったのも、ガマ口のおっちゃんやった。詩人やからカンカクがさえてんのかな。

おどりはねえちゃんと、れーめんがいちばん上手で、とうちゃんとかあちゃんとトコちゃんがまあまあで、あとはゴーゴーか阿波《あわ》おどりかわからんようなおどりやった。

ぼくらがおどっていると、ヒヨコもピヨピヨ鳴いて、いっしょにおどり出しよった。

2 おまえはそれでも人間の子かァ!

風太《ふうた》の起こした事件で、大騒ぎをしたけれど、そのことがあったおかげで、みんな、とてもぬくい気持ちになることができた。

うれしい気持ちって、ひとりで作るよりおおぜいで作る方がずっといい。

五日め、風太のとうさんとかあさんが、わざわざぼくの家まで礼をいいにきた。

「ほんとうに申し訳《わけ》ないことをしました。たいへんなご迷惑をおかけしまして……」

そういって、風太のとうさんとかあさんは気の毒《どく》なくらい小さくなっている。

「おっちゃん。申し訳ないことないで。風太のおかげでぼくら、ものすごく楽しいめをしたんやさかい……」

ぼくはそういった。

「そうよ。おばちゃん」

ねえちゃんもいった。

「まあまあ、遠いところを……。さあ、どうぞどうぞ、お上がりになってください」

かあちゃんも恐縮している。

「風ぼうに畑を手伝ってもらいました。大助かりです」

とうちゃんはいった。

こんなとき、ぼくの家族はみんないっしょうけんめいになる。そのとき、ぼくはこの家に生まれてきてよかったなと思う。そしてぼくは、とうちゃんとかあちゃんとねえちゃんがすごく好《す》きになる。

とうちゃんとかあちゃんがどんなにすすめても、風太のとうさんとかあさんは、ざしきに上がらなかった。

いつまでも申し訳ない申し訳ないといっていた。

「風太どうしてる？」

風太のとうさんとかあさんが帰るとき、ぼくはたずねた。

「押《お》し入れにはいってます」

「えっ」

ぼくはおどろいた。

「おしおきしたの？」

「おしおきしたわけじゃありませんけど、わたしらがここへくるというと泣《な》きべそをかいて、自分から押し入れの中へ入ってしまったんです」

「ふーん」

と、ぼくはいった。

「風太はとてもここが気に入って……」

風太のかあさんはそういって、ハンカチで目がしらを押さえた。

風太のとうさんが、また、ぺこりと頭を一つ下げた。

「ふーん」

ぼくはこんどは小さな声でいった。

ぼくには風太の気持ちがわかる。ぼくだって友だちと別れて、ここへこなければならなくなったとき、押し入れの中へはいって一人で泣きたかったもんな。

まっ暗な夜の道を、風太のとうさんとかあさんは、帰っていった。

「カステラよばれる？」

風太のとうさんとかあさんがお礼に置いていったカステラの箱《はこ》を手にとって、かあちゃんはいった。

「ぼくは、いらん」

「そう」

かあちゃんは少しほほえんで、ぼくを見た。かあちゃんには、ぼくの気持ちがわかったみたい。

「じゃ、またあすごちそうになりましょうね」

かあちゃんはやさしくいった。

ぼくはうなずいた。

風太が押し入れで泣いているのに、カステラなんか食べてられへん。

とうちゃんがぼくの頭を、くりっとなでた。


人生は苦難《くなん》の連続《れんぞく》やと、とうちゃんはよくいう。「苦難」いうてなんやわからへんから、そっと辞書《じしょ》をひいてみたことがある。

「身にふりかかる苦しみ、難儀《なんぎ》」と書いてあった。

ぼくは今、目が真っ赤にはれている。縁側《えんがわ》でひざこぞうをかかえてしょんぼりしている。

二つの悲しいことがある。

とうちゃんにものすごく叱られたことが一つ。

もう一つの悲しいこと――。

ヒヨコが一ぴき死んだんや。

最後の二ひきになって、どうしても、カラからよう出てこないヒヨコがいた。

体も小さいし動作もよわよわしい。もう一ぴきがカラから飛び出して三時間もたっているというのに、そいつは、まだ、カラの中で体をぴくぴく動かしていた。

「どうもおかしいな」

と、とうちゃんはいった。

「体の動きがほかのヒヨコとまるでちがうわね」

と、かあちゃんもいった。

「カラと体がくっついてる！」

目を近づけて卵《たまご》の中をのぞいていたねえちゃんが、びっくりしたように叫《さけ》んだ。

よく見ると、ヒヨコの右の背《せ》がおできのかさぶたのようになって、そいつが卵のカラとしっかりくっついている。

「こりゃいかんな」

とうちゃんは少し顔をしかめた。

「とってやろ。はやく」

ねえちゃんがいらいらしたような声でいった。

「まてよ」

と、とうちゃんはいった。

「すぐ人間が手をかすというのは、いいことなのかな」

「だって、このままだったら死んでしまうやないの」

「うーん」

とうちゃんは自信がないようだった。

こんなとき、ねえちゃんは行動派《こうどうは》だ。

ひき出しからピンセットを取り出してきて、それで白いカラを少しずつとりはじめた。

そいつは人間に助けられて、カラから出てきた。ぐったりしていた。もう体にカラがついていないのに、ほかのヒヨコのように自分の力で立つことができなかった。

ぼくやねえちゃんが手をそえて立たせてやっても、すぐ、ころんと横になった。

「心配やなあ。もう」と、ぼくはため息をついた。

「そっとしておいてあげれば、そのうち元気になるわよ」

かあちゃんがそういったので、ねえちゃんはピンセットを置きにいき、ぼくは台所へいって手を洗った。

かあちゃんが紅茶《こうちゃ》を入れてくれたので、みんなでそれを飲み、そして、ヒヨコを見にいったら、そいつはもう死んでいた。

ぼくは思わず叫んでいた。

「どないしてくれんねん。ねえちゃんのせいやぞ」

ぼくは半分泣《な》きかけていた。

そのときや。

「おまえはそれでも人間の子かァ！」

とうちゃんのものすごい声がした。

ぼくはどきっとした。

とうちゃんが、

「……それでも人間の子かァ」

というときは、とうちゃんが本気で怒《おこ》っているときや。

「みんながヒヨコのいのちを心配したのやないか。ねえちゃんもかあちゃんもとうちゃんも。もちろん、おまえもや。ねえちゃんを責《せ》めるとヒヨコが生きかえるとでもいうのか。それをいうと、いちばん傷《きず》つくのがねえちゃんやということがおまえにはわからんのか。とうちゃんはおまえをそんな思いやりのない人間に育てたおぼえはない！」

ぼくはとうちゃんの顔を見た。

口をきゅっと結んだ。ぼくの目からたちまち涙《なみだ》がこぼれた。

ぼくはヒヨコをだいて、梅《うめ》の木のそばへきた。ゴンがぼくの後をついてきた。涙はなんぼでも落ちよる。

ぼくは梅の木の根もとに小さな穴《あな》を掘《ほ》った。落ち葉を敷《し》いて、そこへヒヨコを寝かせた。

(さっきまでピーピーいうとったのに……)

また涙が出た。

ゴンもしょんぼりしている。ぼくの気持ちがわかるのやナ。ゴン、おおきに。

ヒヨコの体の上に、やわらかいわらをかけてやった。

(土の中は冷たいもんな……)

土はそっとかけてやった。

(春になったら梅の花になれよ)

土《ど》まんじゅうの上に、梅の小枝を一本折って立てた。

(まっとれよ。あした、ヒヨコの墓《はか》と書いたきれいな木を立ててやるさかいな……。きょ

うはとうちゃんに叱《しか》られて、それを作るひまがなかったんや。かんにんせえよ）
ひゅうと風が吹いた。
ぼくはヒヨコの墓の前に長いことしゃがんでいた。
「タカぼう。これ」
後ろで声がした。
ねえちゃんがなにかぼくの前に突《つ》き出した。
手にとって見ると、ねえちゃんが大事にしている古い時代の土器のかけらだった。
そのまん中には、ねえちゃんのきれいな字でヒヨコの墓と書いてあった。
ぼくは梅の小枝をぬいて、その土器のかけらをかわりに土に差した。

神様は悪い。

「苦難《くなん》」はそれだけかと思っていたら、それからもつぎつぎやってきた。

生きものを飼《か》うことは楽しいことで、心のはずむことやと思っていたら、後ろから神様にこん棒《ぼう》でなぐられた。

ヒヨコが死んで、五日してアイガモがかえった。

三びきかえって、一ぴきはすぐ死んだ。そのつぎの日、二ひきかえって一ぴき死んだ。

残った卵《たまご》は卵のままだった。卵の中で死んでいるのやそうや。

「アイガモはアヒルとカモをかけあわせて、新しい品種として人間がつくり出したものや。

人間の食りょうに適したそうした品種は、どうしても弱い。動物でも植物でも……」

とうちゃんがそう教えてくれた。

神様は悪いとぼくは思っていたけど、悪いのは人間なのかな。

「こんなつらい思いするくらいなら、もう動物飼うのやめたい」

と、ねえちゃんがいった。かあちゃんもあいづちをうった。

ほんまやなあとぼくは思う。

「あんたらがんばって生きんといかんのよ」

と、ねえちゃんは元気によちよち歩いているアイガモのひなを見ていった。

ねえちゃんがそういったのは、いちばん後から生まれてきたひなの足のぐあいが悪く、それをみんなが心配していたからだ。右足が内へ折れ曲がったようになっていて、しっかりとふみこむことができないのだ。

「ふつう、動物は障害《しょうがい》を持って生まれてくると、なかなか生きのびることができない。野生の動物だったら、ほぼ百パーセントだめや。そこが人間とほかの動物の大きなちがいや」

とうちゃんがそんなことをいったので、みんなすごく心配した。

朝起きて、アイガモのひなを見るのが、ぼくはこわかった。

また、ころんところがって死んでしもてたらどうしようと思うと、胸《むね》がどきどきした。

うれしくて胸がどきどきするのはいいけど、心配して胸がどきどきするのは体に悪い。

「ぼく、ノイローゼになる」

ねえちゃんにそういったら、ねえちゃんは、

「あら。タカぼう知らんの。今、子どものノイローゼすごくはやってんのよ」

と、ぼくをおどかした。

このねえちゃんは弟思いなのか、その反対なのかわからんとこがある。

足の悪いひなは生まれて五日たったけれど元気だった。

「どうやら大丈夫らしいな」

と、とうちゃんはいった。

「そろそろ、きょう正《せい》してみようか」

「きょう正って？」

ぼくがたずねると、とうちゃんは、

「そえ木をして足を固《こ》定《てい》するのや。そうして曲がりを直すのや」

といった。

ぼくはまた心配になってきた。

「人間が手をかすのはよくないって、とうちゃんこのあいだいうたやないか」

ぼくはとうちゃんに抗議《こうぎ》するようにいった。

「うーん」

と、とうちゃんは考えこんだ。

とうちゃんは動物の専門家《せんもんか》じゃないから、いろいろわからないとこがあるのはしかたないけど、そのたびに、ぼくは心配して胸をどきどきはらはらさせなくてはならない。もう嫌《いや》や。

3　みんないのち

かあちゃんがおすしの折箱《おりばこ》を持ってきた。とうちゃんは折箱の角《かど》のところをアイガモのひなの足にあわせて、うまいこと切り取った。

「ほら。ここに足を乗せてみィ」

とうちゃんはそういった。

ひなは嫌がって、とうちゃんの手の中でもがいた。

「ほらみィ。いややいうてるやないか」

ぼくはとうちゃんの背《せ》をぐいと突《つ》いてやった。とうちゃんは知らん顔をしている。

曲がっている足をのばすとき、ひなは痛《いた》がってすごく鳴いた。

「わわわ！」

ぼくは自分が手術《しゅじゅつ》を受けているみたいに、大声をあげた。

とうちゃんはひなの足にガーゼを巻《ま》いて、それからセロテープで折箱のインスタントの義足《ぎそく》にしっかり固定《こてい》した。

「ふー」

手当が終わって、ひなが片足をひきずりながら歩き出したのを見てぼくは後ろにどたんとたおれ、大きくため息をついた。

「もう心臓《しんぞう》に悪いワ」

「この子はやさしいのか気が小さいのかわからへんね」

かあちゃんはぼくの顔を見ていったが、自分もひたいに汗《あせ》をうかべているくせに……。

「いのちが生きるというのはたいへんなことなんや」

とうちゃんはどっしりと胸《むね》をはっていった。そういってるとうちゃんは、なんか男らしい。

「そうねえ」

とうちゃんとけんかをしていて、とうちゃんのいったことにあいづちなんかうったことのないねえちゃんが、小さな声だったけどしみじみとそういった。

いのちが生きるというのはたいへんなことなんやと、とうちゃんはいったが、その言葉は本当にいろいろ深い意味があるということをぼくは知った。その話というのはこうや。

ハクサイやキャベツの苗《なえ》がだんだん大きくなってきたのはいいのだけど、その苗に虫がつき出した。

「ふつうならここで薬をかけるところやけど、自給自足のとうちゃんらの農業には、農薬も化学肥料《ひりょう》も必要でない。そのかわり手間がかかるのはしょうがないことや。今夜からみんなで虫取りをやってくれ」

そういってからとうちゃんはねえちゃんの顔を見て、

「かな子は自由意志《じゆういし》でよろし」

といい足《た》した。

「できたものはわたしも食べるのやから、わたしもやります」

ねえちゃんはあらたまったようなものいい方で、少し冷たくいった。

とうさんとはまだ仲良《なかよ》くしませんといっているように、ぼくには聞こえた。ねえちゃんも強情《ごうじょう》やな。

「どうして夜に虫取りをするのんや」

ぼくはとうちゃんにたずねた。

「おまえがカブトムシを取りにいくときのことを考えたらわかるやろ」

と、とうちゃんはいった。

「あ、そうか。野菜につく虫も夜行性か」

「そうや。ちょっと外へ出てみるか」

とうちゃんはそういって先に立って歩き出した。

みんな、ぞろぞろとうちゃんの後についた。

おいていかれると思ったのか、ゴンがワンワンとないてあばれた。

「どこも行かへんの。あんた、あほやなあ」

とぼくがいうと、ゴンは、

「クィーン、クィーン」

とあまえたような声を出した。

畑にきてみんなしゃがんだ。

「とうちゃん。フダンソウやレタスはあまり虫に食べられてえへんな。ハクサイはひどいやんか。キャベツも……。虫の好《す》く野菜とそうでない野菜があるのかな」

「そうみたいやな」

キャベツの中に、根元からぽっきり折れたようになって土にふせている苗《なえ》があった。

とうちゃんはその苗の根元を手で掘《ほ》った。

「ありゃ」

と、ぼくは声をあげた。

長さ三、四センチほどの丸々《まるまる》と太った茶かっ色の虫が出てきた。

「この虫はヨトウムシというて、昼間はこうして土の中で寝ている。葉も食うし、根元をかじって苗を全滅させることもある」

「ふーん」

とぼくはいった。

とうちゃんはいつのまにどこで、そんなことを勉強してきたのやろか。

とうちゃんのいったとおりやった。

その日、夜の八時ごろにかい中電灯《ちゅうでんとう》をつけて畑に出ると、びっくりするくらいすごい数の虫やった。

いろいろな野菜に、ヨトウムシや青虫、長さ一センチくらいの真っ黒な虫などがびっしりついている。

その虫たちがざわざわといっせいに葉を食べる音が聞こえてくるような気がした。

かあちゃんとねえちゃんは、こわいものでも見るように立ちすくんでいた。

長いものがきらいなふたりは、ぞっとして畑に入ることができないのやろ、きっと。

「すごいなあ」

とぼくはいった。

「こいつは大きくなったらモンシロチョウになるのやで」

ぼくが一匹の青虫を指さして、そういったら、とうちゃんは、

「ここは蝶《ちょう》が多くて、まるで天国みたいやといつかみんなはいったけど、おひゃくしょうの身になって考えると、ここは地獄《じごく》やということにもなるのや」

と、いった。

「そやなあ」

と、ぼくはあいづちをうった。

このことは岸本《きしもと》先生に教えてやらんといかんなあとぼくは思った。

「かあさん。ボウルに少しサラダ油《ゆ》を入れて持ってきてくれ。竹バシも頼《たの》む」

と、とうちゃんはいった。

かあちゃんはかくごを決めたように畑に入ってきた。ねえちゃんもしぶしぶという感じで後につづいた。

とうちゃんはかあちゃんから、ボウルと竹バシを受け取ると、竹バシでひょいひょいと虫をつまんで、それをサラダ油の中に落とした。どうしてそんなことをするのかぼくが聞こうとしたら、とうちゃんは先回りしていった。

「こうすると、虫の気門《きもん》（呼吸《こきゅう》するところ）が油でふさがれて、虫ははやく死ぬ。いうたら虫を安楽死させてやるのや。虫かていのちや」

（とうちゃん、虫にうらまれるぞ）

と、ぼくはいおうとして、あわてて口をつぐんだ。

とうちゃんだけ虫にうらまれるというのはおかしい。これから虫取りをするぼくも、かあちゃんもねえちゃんもみんな虫にうらまれるはずや。

けど、それもおかしいなとぼくは思った。ハクサイやキャベツを食べている人は、つまり人間はみんな虫にうらまれんといかんはずやのに、市場やスーパーで野菜を買っている人は、そんなことはこれっぽちも思うことはない。

ぼくはとうちゃんにいった。

「不公平《ふこうへい》やな、とうちゃん。都会で暮《く》らしている人は、ハクサイを食べてもキャベツを食べてもなんにもつらい思いをしなくていいんやもんな」

とうちゃんはぼくの顔を見て、少しほほ笑《え》んだようだった。

「タカユキ。いいところに気がついたな。そういう思いを、牛肉や豚肉《ぶたにく》や鶏肉《けいにく》を食べる場合にもあてはめて考えてみなさい。どうかな」

とうちゃんの話を聞いていたねえちゃんが、ちょっと青い顔をしたようにぼくには思えた。

「なぜ農村に入って暮らそうととうちゃんが考えたか、そこのところがとても大事なとこや。食べものはみんないのちや。いのちでない食べものなんてひとつもない。だけどスーパーでパックづめされた肉や野菜を、これもいのちやと思って買う人は少ないね。いのちを食べているのに、そのことに気がつかない人を気持ちのやさしい人だと思うかタカユキ。感情のこまやかな人だと思うか」

ぼくは首をふった。

「キャベツの葉っぱを一枚食べても、この葉っぱにはキャベツのいのちの外《ほか》にたくさんの虫のいのちがつまっているのやと思えるタカユキは、本当はしあわせなんやぞ」

ぼくはこんどは首をたてにふった。

「さあ、つらいことやけど、みんながんばって虫取りをしようや」

と、とうちゃんは元気よくいった。

虫にもいのちがある、ぼくにもいのちがある。あたりまえのことなのに、ぼくにはそのことが、ものすごいむずかしい問題のように思えてきた。

アイガモのひなが卵《たまご》からかえって一週間たった。

折箱《おりばこ》で作ったギプスをつけたひなは、片足をひきずるけれどすごく元気で、一ばん食《しょく》欲《よく》おうせいやった。

「もうだいじょうぶやな、とうちゃん」

「うん。もうだいじょうぶ」

とうちゃんもうれしそうや。

一足先に卵からかえったニワトリのヒヨコは、こんなせまいところはかなわんというように、ダンボールの２ＤＫの中を走りまわっていた。

「とうちゃん。もう鶏舎《けいしゃ》に入れよう」

「そうやな」

とうちゃんが承知したので、みんなでヒヨコとひなを鶏舎にはなしにいった。

その前にぼくはいった。

「とうちゃん。これからゴンにニワトリの番をさせんといかんから、ヒヨコとゴンをなかよしにさせとかんといかんな」

「そうやな」

とうちゃんも賛成したので、ゴンをつれてきてダンボールの中のヒヨコをゴンに見せた。

ゴンは不思議《ふしぎ》そうな顔つきで、鼻先をヒヨコに近づけてにおいをかいでいる。

前足でひょいとヒヨコをさわろうとする。

「こら」

ぼくが叱《しか》ると、ゴンはやめる。

まずまずや。

金網《かなあみ》で囲《かこ》んだたたみ六枚分もある鶏舎はすごく立派や。

すみっこはアイガモの水浴《みずあ》び場にしてある。砂浴《すなあ》び場もこしらえてある。

「ぼくの家はボロやけど、あんたらの家は別荘《べっそう》なんやで。プールつきの家なんて、人間でも住まれへんのやで。フットボールができるくらい広いしな……」

なにをぶつぶついうとんやと、とうちゃんがいった。

「ぼくもヒヨコになりたいワ……」

とうちゃんに聞こえんように、そういってやった。

突然広い所にはなされて、ヒヨコもひなも、とまどっているようだった。

人間でいうと寝室《しんしつ》にあたる木の小屋の方に入れてやった。そこには中にワラをしいた箱もおいてある。

「ここがあんたらのベッド」

ぼくはヒヨコに教えてやった。

「なんや心配やなあ」

鶏舎はすごく広いのに、ヒヨコはずいぶん小さい。ぼくがヒヨコだったら、なんか心細い。

「ヘビやイタチにおそわれへんかァ。なんせ親がおれへんのやさかいナ」

ほんとに心配や。

「ヘビが入りこまないように金網のすきまを計算してある。イタチが穴《あな》を掘《ほ》っても、ここまでは入ってこれんように土台にセメントを入れてある」

とうちゃんは自信たっぷりにいう。

「ぼく、今晩《こんばん》ここで寝ようかナ」

ぼくがそういったら、

「あんたほんまに心配性やナ。頭はげるで」

と、ねえちゃんがいった。

「過保護《かほご》はいかんのよ。タカぼう」

かあちゃんまでいう。

「ええねん、ええねん。ぼくの気持ちだれもわかってくれんかてええねん」

この子すねてるわと、ねえちゃんはいった。

そんなやりとりをしているところへ、竹三《たけぞう》さんがやってきた。

竹三さんは腕《うで》にニワトリを一羽かかえていた。

「どやろ。これ親のかわりせえへんやろか」

竹三さんがそういったのはいいのやけど、そのニワトリがどんなニワトリか聞いて、ぼくはよけい心配になってきた。

前に野良犬《のらいぬ》がぼくの家にやってきたことがある。犬に野良犬があるのは知っているけど、ニワトリに野良があるなんて知らなかった。そのニワトリは二年もの間、竹ヤブで一人ぐらしをしていたそうな。

たいていのニワトリは小屋から逃《に》げて外へ出ると、外敵《がいてき》におそわれていのちをなくすのに、そのニワトリは野犬やタカのような猛《もう》きんの襲撃にたえて生きのびてきたんやそうや。

そう思って見ると、目がらんらんと光っている。不敵《ふてき》なつらだましいというやつやろか。

「そんなニワトリをどうしてつかまえたん？」

ぼくは竹三さんにたずねた。

「牛小屋のすみで自分の生んだ卵《たまご》をだいとったんや。木にさえのぼらなかったら、夜簡単につかまえられる」

「そんなニワトリでも弱いとこがあるねんなあ」

とぼくがいったら、竹三さんは、

「そら知恵《ちえ》は人間の方が上や。もっとも、悪知恵の発達した人間の方が多いけどな」

といって、アハハ……と笑《わら》った。

ぼくはもう一度、そのすごいニワトリを見て、それからとうちゃんの顔を見た。

(どうするのん。とうちゃん……)

4　野良トリ君

とりあえずニワトリを鶏舎《けいしゃ》に入れた。心配なので、しばらくぼくらも鶏舎の中にいた。

ぼくらはその竹三《たけぞう》さんの持ってきたニワトリに、野良《のら》トリ君というあだなをつけた。

はじめぼくは「オヤブン」とあだなをつけたんやけど、とうちゃんに叱《しか》られて変えたんや。

とうちゃんはヤクザとトコロテンが大きらい。

「冗談やんか」

とぼくがいったのに、とうちゃんは、まだ、ぷんぷんおこっている。

野良トリ君――とやさしく呼《よ》んでやっているのに、そいつはぜんぜんぼくたちになじもうとしなかった。

三メートルくらいの間かくをとって、絶対にぼくたちに近づかない。

無理に近づくと、コーコーと毛を逆立《さかだ》てて、今にもとびかかろうとする。

「おおこわっ」

ねえちゃんはそういって、そうそうに鶏舎の外へ出てしまった。

えさを持っていってやっても、そいつは見向きもしなかった。

「ヒヨコをいじめへんやろか」

ぼくがそういったのに、

「さあな」

と竹三さんはのんきにいって、タバコなんか吸《す》っている。田舎《いなか》の人はどうして何にでも、こうのんびりしているのやろ。

みんな鶏舎の外へ出て、ようすを見ることにした。

鶏舎の中にだれもいなくなったのに、そいつは用心深そうにあちこち見わたしていた。目は動いているのに体は動かない。

「まるで野生動物やな」

と竹三さんがいった。

「むだな動きはしませんね」

とうちゃんもいった。

しびれが切れるころ、そいつは少しずつ動きはじめた。

えさ場の方に疑《うたが》い深そうに近づいてくる。

「おなかすかせてたんやな」

ぼくは小さな声でいった。

そこまではよかったんやけど——。

カッ、カッと、そいつはすごい鳴き声で、えさを食べているヒヨコをおどした。

白い紙が飛ぶようにヒヨコが散《ち》った。

「こら！　なにすんねん」

あわてて鶏舎の中へ飛びこもうとしたぼくの肩《かた》を、とうちゃんはつかんでぐいと引きもどした。

「とうちゃん、はなせ。ぼくはヒヨコを助けにいくんや」

とうちゃんが、

「おまえ、かっこよすぎるぞ」

といった。

竹三さんが笑《わら》った。

「もう少し、様子をみてもいいのやないか、タカユキ」

「そうよなあ」

と竹三さんもいった。

そいつはヒヨコをおどかしただけで、ヒヨコをそれ以上いじめる気はないらしかった。ヒヨコがえさ場から離れると、もうヒヨコには目もくれず、えさをついばみはじめた。

「自然にしておくと、動物は必要以上に仲間《なかま》をいじめたりはせんもんよ」

と竹三さんはいった。

「だけど、えさを一人じめするよ。ヒヨコが栄養失調《えいようしっちょう》になるやないか」

ぼくは竹三さんに抗議《こうぎ》した。

「そうかな」

竹三さんはやっぱりのんびりした調子《ちょうし》でいった。

「そうかな、やて」

ぼくは聞こえないくらいの小さな声でいって、竹三さんを白い眼《め》で見てやった。

竹三さんはわっはははと笑って、

「タカぼうはおもしろい子やな」

といった。笑いごとやないのに――。


ぼくは、そいつ、野良《のら》トリ君のことで、とうちゃんとけんかした。

ヒヨコがえさをとるあいだ、ぼくはヒヨコのそばにいるといったのに、とうちゃんは自然にまかした方がいいというのんや。

「ぼく、そんなことをいうとうちゃん嫌《きら》いやで」

「なんでや」

と、とうちゃんはいった。

「そやかて、冷たいやんか」

「そうかな」

竹三さんののんびりしたムードが移《うつ》ったのか、とうちゃんは、のほほんといった。

ぼくはその晩《ばん》、市場の友だちに、そんな野良トリ君をどうしたらいいかみんなの意見をきかせてちょうだいと手紙を書いた。

手紙はつぎの日、ぼくが配達して、返事は学校のひけたとき、みんなからもらった。

「口でいうたらええのに、なんで手紙に書くのん」

れーめんがきいた。

「とうちゃんに見せるんや」

「ふーん」

れーめんはわかったようなわからんような顔をした。

つぎはみんなの返事や。とんちんかんな返事ばっかりで、全然役に立てへんかった。

欽《きん》どん——野良トリ君が、えさを横どりしそうになったら、ストップという。みんなお友だち、仲良くしましょうという。

カツドン——その野良トリ君はええニワトリと思う。ひとのを横どりするくらいの方が動物はええのんです。

風太《ふうた》——ええあいであ、けんたっきいふらいどちきんにしてたべてしまう。たべるとき、ぼく呼《よ》んでな。

トコちゃん——ヒヨコがかわいそ。

れーめん——わたしの意見は野良トリ君とヒヨコをべつべつにして飼《か》ったらいいと思います。

「まあ、ぼちぼち仲良くなっていったらええやないか」

と、とうちゃんはいう。

やっかいな野良トリ君やけど、ぼくの家の新しい友だちにはちがいない。

ぼくもその意見に賛成することにした。

(いろいろな友だちがいる方がいいもんな)

ぼくは欽どんたちの顔を思いうかべながら思った。

けど、おかしいな。

ぼくらがそんなことを思っていると、またおかしな新しい友だちが一人ふえたんや。

とうちゃんとゴンと農協《のうきょう》へアブラカスを買いにいった帰り、一人のものすごいおばあさんに会った。

そのおばあさんは大八車《だいはちぐるま》に野菜を積んで、道のはたで行商《ぎょうしょう》していたらしいのだけど、ぼくが見たときは竹のぼうをふりまわして、まちの若《わか》い衆《しゅう》を追いまわしていた。

「えらい、威勢のいいおばあさんですね」

笑《わら》いながらそれを見ていたまちの人の一人に、とうちゃんがそう話しかけた。

「あれで八十歳や。えらいもんや」

その人は感心しているのかあきれているのかわからんような顔をしていった。

「いったい、どうしたんですか」

「なあに、若いもんがちょっとばあさんをからかったんや。そしたらあの騒ぎや」

その人は騒ぎをたのしんでいるように、にやにやしていった。

「としよりをからかうのはよくないですね」

とうちゃんは口の中でぼそっといった。

「うん。まあな。ばあさんの野菜がよう売れるもんやさかい、ばあさん税金《ぜいきん》をはろうとるんかいなとちょっとからかったんやな。そしたら、おまえ、税金くらいなんぼでもはろうてやる、としよりが手間ひまかけてこしらえとる野菜に税金をかける業突張り《ごうつくばり》（欲《よく》ばりでがんこなこと）がおったらいうてみィとタンカを切ってあのしまつや。あははは」

その人はいった。

とうちゃんはちょっと感心したような顔をした。

若い衆を追いちらして、そのすごいおばあさんは大八車のところへ帰ってきた。

迫力満点のおばあさんや。ゴンが後ずさりしている。

「くちばしの青いのがごちゃごちゃいいくさって……」

おばあさんはまだおこっていた。

「きょうはもう野菜を売ってやらんぞ。おまえらは若いもんにどういう教育をしとるんじゃや」

おばあさんはまちの人にまで当たり散らした。

「そういわんと、ばあちゃんまたこいや」

まちの人がいった。

「いいんや。もう売ってやらん。おまえらは野菜食わんと、脳卒中《のうそっちゅう》にでもなって死んでしまえ」

そういわれても、まちの人はおこりもしないで、にこにこしておばあさんを見ていた。

「とうちゃん。なんかここの人はいい感じやなあ。あのおばあさんも……」

ぼくがそういうと、とうちゃんは、

「タカユキもそう思うか」

と笑顔《えがお》をぼくに向けた。

おばあさんは口ではこわいことをいってるけど、体も小さいし、小さな眼《め》もどこかやさしい。

ぼくはこのおばあさんは悪もんとちがうと思った。

おばあさんはさっさと荷をかたづけて、ぐいと大八車をひいた。体の動かし方が若い人みたいやった。

帰り道がいっしょということもあって、ぼくらはおばあさんの後をつけていくようなかっこうになった。

「なんじゃ。おまえたちは」

おばあさんが後ろをふり向いてどなった。

とうちゃんはちょっと困《こま》ったような顔をして、

「この夏から黒谷《くろたに》に住まわせてもらっている津田史郎《つだしろう》というものです」

と、ちょっとあらたまった感じでいった。

「絵かきの先生さまか」

おばあさんがそういったので、ぼくはびっくりした。

「はい。お世話になっております」

とうちゃんはいった。

「おばあちゃん。ぼくらのこと知ってるの?」

おばあさんはそれに直接《ちょくせつ》こたえないで、

「おばァにおまえの名前を教えてくれ」

といった。

ぼくはうれしくなって、

「ぼく、タカユキ。タカぼう」

というと、

「ばかたれ。自分でタカぼうなんていうやつがあるか」

と叱《しか》られた。

「どうもすみません」

と、とうちゃんがあやまった。

なんじゃとぼくは思った。

「おばあちゃんの名前はなんていうんや」

ぼくはちょっと腹《はら》が立っていたので、つっけんどんに聞いた。

「ハルじゃ」

「なにって?」

「おまえは耳が聞こえんのか。ハルっていうんじゃ。おハルさんじゃ」

「ばかたれ。自分でおハルさんなんていうやつがあるか」

ぼくはおばあさんの口真似《くちまね》をしていうてやった。

「これ」

とうちゃんがぼくのわきばらをついた。

「ホホホ。こりゃ一本まいったね」

とおばあさんはいった。

「おばあさんでもおハルさんていうのん?」

おばあさんはまた、

「ホホホ」

と笑《わら》った。笑うと、おばあさんはすごくかわいかった。

「生まれたときからおばあさんなんておるもんかね」

「おばあさんもおよめさんにいったことある?」

とうちゃんが、

「しィ」

といってまた、ぼくのわきばらをつついた。

「この子はおもしろい子じゃね。わしゃ気に入った」

と、おばあさんはどうしてか、すごく元気になっていった。

「わしゃ機嫌がなおってしもたぞ。おまえ、わしのうちに遊びにくるか」

「うん。行く」

「そうか、そうか」

おばあさんはうれしそうにいった。

ゴンまでしっぽをふった。

5　おハルさんというすごい友だち

「うーん。こりゃすごい」

とうちゃんは、おばあさんの畑を見てうなった。

おばあさんの畑は、小さな学校の運動場くらいの広さがある。

キュウリ、ナス、ピーマン、サトイモ、ニンジン、シュンギク、ネギ、そのほか、ずいぶんたくさんの種類の野菜が植《う》わっている。

キュウリやナスやピーマンのような夏野菜は、ほかの農家の畑では、もうとっくに枯れてしまっている。おばあさんの畑のキュウリはまだ生き生きしてた。

とうちゃんが、こりゃすごいといったので、おばあさんは、

「なにがすごいんじゃ」

と聞き返した。

「どういったらいいんですかね。うーん」

とうちゃんは、野球の解説者《かいせつしゃ》のようなもののいい方をした。

「おばあさんの畑の野菜は、いかにも植えてある、栽培しているという感じじゃなくて、ずっと昔《むかし》からここにいたという自然な感じなんですね。いいなあ、こういうのは……」

とうちゃんは、ほんとうに感動したという顔をしていった。

そういえば、ぼくの家の畑とくらべると、ここの畑はなんだかかんろくがある。

「うん」

とうちゃんに賛成して、ぼくはうなずいた。

そやのに、おばあさんは、

「都会の人間はたいそうなことをいうもんじゃなあ」

といっただけだった。

おばあさんの畑もよかったけれど、おばあさんの家はもっとめずらしいものやった。

ぼくはゴンを柿《かき》の木の根元にくくって、おばあさんの家のかまちをまたいだ。

家へ入るとすぐ大きな土間があり、右に土で作った大きなかまどが三つもならんでいた。

「とうちゃん。こんなのテレビの時代劇で見たことあるなあ」

とぼくがいったら、とうちゃんはまた、

「これ」

と、ぼくのわきばらをつついた。

「へっついさんかいな」

と、おばあさんはいった。

「へっついさん？」

ぼくは聞き返した。

「おくどさんのことを、へっついさんというのんじゃ」

ぼくが、

「へえー」

といったら、とうちゃんは、

「おまえ、それ、シャレのつもりか」

といった。

「ついでございます」

とぼくがこたえたら、おばあさんはほっほっと笑《わら》ってくれた。

「この子を落語家《らくごか》にしなさい」

とおばあさんはいった。

「かまどのことを、おくどさんとかへっついさんとかいうのんや」

と、とうちゃんがぼくに説明してくれた。

関西では豆《まめ》やイモのことを、お豆さんとかおイモさんとかいうから、それといっしょなのかなあとぼくは思った。

「そこには神さまが宿《やど》っとるから……」

と、おばあさんはいった。

そういえばかまどのそばの柱に、剣《けん》とナワを持ったものすごいこわい顔をしたオッサンの絵がはってある。

「なんや。このオッサン?」

その絵を指さして、ぼくはたずねた。

おばあさんは突然、ぼくの口のはしをぎゅっとひねった。

「あたたた。なにすんねん」

「なんちゅうばちあたりのことをいうのじゃ」

と、おばあさんは、その絵のオッサンと同じくらいこわい顔をした。

「不動明王《ふどうみょうおう》さまに向かっておそれおおいことを……」

おばあさんはその絵に手を合わせ、口の中でなにやらむにゃむにゃいった。

「あれは神さまなんや」

とうちゃんが、また小声でぼくに教えてくれた。

おばあさんは、この神さまのいるかまどでご飯《はん》をたくらしい。

ガスを使うぼくらの家とちがって、おばあさんは、たきぎを使ってなんでもにたきしているらしい。

「昔《むかし》みたいやなあ」

と、ぼくはいった。

「昔でよろし」

と、とうちゃんはおばあさんにおべんちゃらをいった。

「おくどさんなら、ご飯をたきながらおイモさんも焼けるし、残り火で魚も焼けるやないか。うちもこういうの作るか」

と、とうちゃんは本気みたいにいった。

「わしが作ってやってもいいぞ」

おばあさんはいった。

おばあさんは味方ができて喜んでいる。

「ダンゴ汁《じる》食うか」

「うん」

と、ぼくはうなずいた。

ダンゴ汁いうてなんや？

おばあさんはよっこらしょとナベをおくどさんの上においた。

「火、燃《も》やしていい？」

おばあさんがうなずいたので、ぼくは「昔」を実習することにした。落ち葉を下にさしこんで、そこにぼくはマッチで火をつけた。

小枝を下において、つぎに少し太い木をその上にのせた。

「おまえはなかなか知恵《ちえ》があるなァ」

と、おばあさんはいった。

火は勢《いきお》いよく燃えてぱちぱちはぜた。

「景気ええぞ」

と、ぼくはいった。

火を燃やすのって、なんか楽しい。体がわくわくしてくる。

昔の人が火を囲んで、お酒を飲んだりおどったりしている絵を見たことがあるけど、今のぼくの気分のもっとすごいやつなんやろな。「昔」ってちょっとええぞとぼくは思った。

ナベの中のものがふいた。

「もういいぞ」

と、おばあさんはいって、また、よっこらしょとナベを持ち上げた。

火がめらっと燃えあがった。

おばあさんが汁《しる》を茶わんによそってくれた。

ダンゴ汁はけったいな食べ物やった。

あずきにダンゴが入っているところはぜんざいに似ているのやけど、その上にズイキ

(里イモのくき)がはいっていて、砂糖《さとう》のかわりにみそで味つけしてある。

「どや。うまいか」

と、おばあさんはいった。

「なんじゃ、こりゃ」

と、ぼくはいった。

「いや。うまいです」

と、とうちゃんはあわてていった。

「ウホ、ホホホ」

と、おばあさんは笑《わら》った。

「都会の人間には少しなじまん味かも知れんな。けど、これは体のためにとってもいい食べ物なんじゃ。このへんでは赤んぼうが生まれたときに作ってな、赤ちゃんを生んだおっかあにまず食べさせて、それからみんなでいただくの。おめでたい食べ物でもあるのじゃな」

「昔の人は食べ物ひとつにも、いろいろな知恵をこめたんですね」

とうちゃんはいった。

「お湯を入れたらうどんやソバになるやつ、あんなものを食べている人間はかわいそうなもんよ」

と、おばあさんはいった。

インスタント・ラーメンのことをいってるのやな。

「うん、うん」

とうちゃんはうれしそうな顔をしてうなずいた。

ぼくたちはダンゴ汁《じる》を食べながら、昔《むかし》の人おハルさんといろいろ話をした。

おしまいの話が、ぼくにはいちばんショックやった。

「おばあさん。お一人でおさびしくはありませんか」

いろいろ話をしているうちに、おばあさんは一人ぐらしだということがわかって、とうちゃんはそんな質問《しつもん》をした。

「なあに、さびしいことなんてあるもんかね。息子《むすこ》も娘《むすめ》も一人だちしてここを出ていったが、それでええの。やがてわたしは一人で死んでいくけれど、それは空を飛んでいる鳥や、そこに咲《さ》いている花と同じこと、みんな順番……」

ぼくはとうちゃんの顔を見た。とうちゃんは頭をがりがりかいた。とうちゃんが感激《かんげき》したときのくせなんや。

帰るとき、ぼくらはおばあさんからおみやげをいっぱいもらった。

もち米、あずき、みそ、奈良漬《ならづけ》、みんなおばあさんが作ったものだ。

「野菜は畑からぬいてなんでも持っていけ」

おばあさんは気前よくいった。

「いや、こんなにいただいた上に、まだ……」

とうちゃんは恐縮していた。

「なに、かまうもんか。遠慮するな」

おばあさんがあんまりいうものだから、とうちゃんは、

「……それじゃ、お言葉にあまえて、そこのショウガを少し……」

とお願いした。

「よしよし」

とおばあさんは片手《かたて》で持てる小さなクワを持って、畑に入った。

「その笹《ささ》のはっぱみたいなもんがショウガなんか。とうちゃん」

「うん。これがショウガや。根のところにショウガがついている」

「ふーん」

おばあさんはそろりそろりとやさしい手つきで、ショウガの根元の土をのけた。イモを掘《ほ》るときのように、クワをどさっと土の中に打ちこんで、土の中からそいつを掘り出すやり方ではなくて、おばあさんは土の中のショウガを手さぐりしているのだった。そんな掘り方をとうちゃんが不思議《ふしぎ》そうな顔をして見ているものだから、おばあさんが説明した。

「今は親のショウガの方がおいしいのやね。親ショウガのまわりにできる子ショウガはまだ味がないの。子ショウガがおいしくなると、親ショウガはかすかすになって食べられなくなる。それも順番……」

おばあさんはそういって、おいしい方のショウガを十個も掘り出してくれた。

「おばあさん。ほんとにありがとうございます」

とうちゃんが礼をいった。

とうちゃんはいつも食べ物はみんないのちやといっているけど、土の中から出てきたばかりのそのショウガを見ていると、ほんとに大切ないのちをぼくらは食べてんのやなあと思う。

とうちゃんがありがとうといっているのは、もちろん、おばあさんにそういってるのだけど、それだけではなしに、ぼくらにいのちをくれるショウガ君にもありがとうといってるように聞こえる。関西の人が豆《まめ》やイモを、お豆さん、おイモさんと人間と同じように呼《よ》んでいる気持ちがわかるような気がした。

「おばあちゃん。おおきに」

ぼくも礼をいった。

「なんのなんの」

と、おばあさんはいった。

「また遊びにきておくれ」

「うん。おばあちゃんもぼくの家に遊びにきてね」

「はい、はい」

「ほんとうにおばあさん、ぜひ、わたしたちの畑を見にきてください。お待ちしています」

と、とうちゃんもいった。

「はい、はい」

おばあさんはやさしい顔をした。

「その犬はなんちゅう名じゃ」

「ゴン」

「ゴンか。いい犬じゃ」

おばあさんがゴンのことを聞いてくれたので、ぼくはうれしかった。

「タカぼう。こんどの日曜日ひまかいのう」

と、おばあさんはいった。

「なに？」

とぼくがたずねると、おばあさんは、

「こんどの日曜日、山へ自然薯《じねんじょ》（やまのいも）を掘りにいかんかいの」

といった。

「ほんと？」

ぼくは目を輝《かがや》かせた。

「ぼくでも採《と》れる？」

「採れるとも……」

「いく、いく。とうちゃん、いいやろう」

ぼくは勢《いきお》いこんでいった。

「ぼくもつれていってください」

とうちゃんもお願いをした。

「みんなで行かんかいの」

と、おばあさんはいった。

おばあさんがみんなといったので、ぼくはふと、あることを思いついた。

「おばあちゃん。まちのぼくの友だちもいっしょだったらだめ？」

「なにがだめなことがあるかいナ。みんなつれてきてあげなさい」

ぼくはパチンと指を鳴らした。

「ぼく、おばあちゃん好《す》きや」

おばあさんは、

「ホホホ……」

と笑《わら》って、

「そらまあ、うれしいこと。昔《むかし》、おじいさんにそういわれたことを思い出したね」

といって、どうしてかとうちゃんの肩《かた》をバチンとたたいた。

6　やまいもの横綱

車のとまる音がした。

「ヤッホ！」

「タカぼうォ」

「うれしかァ」

「ジャンジャジャーン」

聞きおぼえのある声がつぎつぎ聞こえてきた。

「ワン、ワン、ワン」

ゴンが歓迎している。

表にとび出すと、ボンゴという九人乗りの自動車の窓《まど》から欽《きん》どんらが顔をつき出して、口ぐちに勝手なことを叫んでいる。

「タカタカぼうしのあつい友情《ゆうじょう》に感謝するべえ」

とおどけているのが欽どん。

「タカぼう。あたし、きのうてるてるぼうずを窓《まど》につっといたんやで。ほら、こんないいお天気になったやろ」

れーめんは、自分ひとりでいいお天気にしてやったようなことをいっている。

「うれしかァ」

カツドンは、うれしかァ、うれしかァの一点ばり。関西の子はうれしかァなんていわないのに。コマーシャルの見すぎや。

「タカぼう。ぼく、やまいも好《す》きィ。とろろ（とろろ汁《じる》）のことやろ。ぼく、あれ好き」

風太《ふうた》は、例によって食うことばっかり。

「タカぼう。うち、うれしいワ」

トコちゃんだけがちょっとかわいいあいさつをした。

ガマ口のおっちゃん、パンツ屋のおっちゃん、オスのれーめん、お留守ですのおっちゃんとみんなきてくれた。

「おっちゃん。おばちゃんは？」

パンツ屋のおばちゃんがおらへん。ぼくがおっちゃんにそう聞いたら、

「もう離婚《りこん》した。ふむ、ふむ」

といばっていった。

「えっ」

ぼくもとうちゃんもびっくりした。

ガマ口のおっちゃんはあほくさそうにいった。

「きょうだけ離婚したんや」

「これや」

オスのれーめんがボクシングの真似《まね》をした。

「夫婦《ふうふ》げんか？」

「そや」

「おっちゃん」

　ぼくはパンツ屋のおっちゃんをにらんだ。

「おばちゃんがおれへんかったら、ぼく、さびしいやんか」

　そういったら、パンツ屋のおっちゃんは、

「あ、り、が、と、さん」

　といって、風のようにひらひら向こうへ飛んでいった。

「名前はおハルさんってやさしそうな名前やけど、そのおばあはんはものすごくこわいさかい、みんな気ィつけんとあかんで」

　ぼくはみんなに教えてやった。

「鬼《おに》ばばみたいなオバンか」

　カツドンが聞いた。

　ぼくはだまって、ふいにカツドンの口をぎゅっとひねってやった。

「なにすんねん、あたた……」

「つまり、こんなふうにされるねん。悪いことをいうたり、したりすると……」

　こわいオバンやなあと、カツドンは口のはたをなでながらいった。

　みんな、がやがやいいながら長ぐつにはきかえて、やまいも掘《ほ》りに出発した。ゴンがうれしそうや。

「おばあちゃん。きたで」

ぼくはおハルさんの家の前で大声で叫んだ。みんなこわごわ戸口をのぞきこんだ。

「おう、おう。みんなきたか」

おハルさんが顔を出した。

「みんな、ようきたのう」

「おじゃまします。きょうはよろしくお願いします」

みんな口ぐちにいって頭を下げた。

こわいオバンとちゃうやんか、とカツドンが小さな声でいった。

「だれじゃ。今、オバンといったんは。おまえか」

やられるぞとぼくは思った。

「年寄りを、オバンオバンちゅうて呼《よ》ぶとは、なにごとぞ」

カツドンはおハルさんに、口のはたをぎゅっとひねられた。

「みんな、わかったか」

「はい」

「はい」

欽どんも風太も、れーめんもトコちゃんも小さくなって気をつけの姿勢《しせい》をした。

「よし、よし」

おハルさんはかんろくがあった。

(梅干《うめぼし》ばあさんのくせして……)

ぼくは心の中でそういってやった。

「みんな、めいめいで道具を持ちな」

やまいも掘《ほ》りの道具は三種類あった。一メートルぐらいの小さなスコップと、ほりぐせ、というやっぱり一メートルくらいの先のひらべったくなった鉄のぼうと、アシとわらで編《あ》んだつとという掘ったやまいもを入れるかごだ。

「おばあちゃん。ぼくでも掘れる？」

風太がしんぱいそうに聞いた。

秋の山は新聞の色刷《いろず》り広告《こうこく》みたいやった。

赤はハゼやサトザクラ。黄はカツラやヤマブキ、だいだいはカキやトウカエデ。

ぼくは山の木の名前をだいぶとうちゃんに教えてもらっていた。

ぼくらやまいも掘り部隊《ぶたい》は、スコップとほりぐせを肩《かた》に、山の細い道をひたいに汗《あせ》をかきながら登っていった。

まちの人間はみんなふうふういっているのに、八十歳のおハルさんは平気やった。

ぼくらがドラエもんの歌をうたっていると、おハルさんは首をふりふり、

「土手のやなぎは風まかせ

好《す》ゥきいなあの子は口まかせ
…………」

（「大江戸出世小唄」作詞　湯浅みか・作曲　杵屋正一郎）

と、ぜんぜんテンポのちがう歌をうたうので、カンがくるってしまう。

おハルさんは昔人間《むかし》やから、しょうがないねんな。

「さあ、ここから山ン中にはいるか」

とつぜん立ちどまっておハルさんはいった。

「ひえー」

と欽《きん》どんは悲鳴をあげた。

そこはすごいやぶだった。

「熊《くま》いる？」

風太がたずねた。

「熊がいるわけないやろ。けんど、ウサギくらいはいるわいの」

と、おハルさんはいった。

ほんとに熊でも出そうなところだった。

くちた大木があり、それにツタがからみついていた。

遠くから見ているときれいな秋の山も、一歩中にはいるとまるでジャングルだった。

ときどきおハルさんは、小さな木や木に巻《ま》きついたつるをナタでバシッバシッと切って道を作ってくれた。

「どっちがどっちやわからへんなあ」

ガマ口のおっちゃんが心細そうにいった。

ゴンだけが身がるに、ひらひら飛ぶようにかけている。

「みんな、はぐれたらあかんで」

いつも、へらへらしているパンツ屋のおっちゃんは、心配そうにそういいながら、おハルさんの後にぴったりくっついていた。

植物にくわしい、お留守ですのおっちゃんは、

「お、ここにええニシキギがあるぞ」

とか、

「このマユミ、持ってかえりたいなあ」

と、よゆうしゃくしゃくやった。人っていろいろや。

ジャングルは子どもがいちばん先に慣《な》れた。

大きな木にからみついている太いつるを力まかせにひっぱがして、ターザンごっこをはじめたのは欽どんや。

「あーあー」

と、つるにぶらさがって向こう側に飛んだのはええのやけど、

「チーターか」

と、オスのれーめんにからかわれて、欽どんは、

「猿《さる》があーあーっていうのんか」

とおこってふくれてしもた。

おハルさんはやっと足をとめた。

「さあ。しっかり掘《ほ》れよ」

さあ掘れよといわれても、どこにやまいもがあるのかさっぱりわからへん。

「ゴン。かしこい犬はこんなとき、ここ掘れ、ワンワンっていうのやで」

と、ぼくはゴンにいってやった。

ゴンはきょとんとぼくの顔を見ている。

「あれは小判《こばん》（昔《むかし》のおかね）やで」

と横からカツドンがいった。

カツドンはぜんぜんユーモアがわかってない。

「いちばんわかりやすいのは、やまいもの葉を見つけること。ほら、黄色い葉が木の上をはっているじゃろ」

おハルさんにそういわれて見ると、赤ちゃんが歩いたあとについた足あとのようなかわいい葉がならんでいる。

「そのつるをずっとたどっていくと根に行き当たる。そこを掘ればええの。少し慣れてきたら、やまいものつるにもふしがあるからそれを見分ける。まあーるくて行儀のよいふしのついてあるのがやまいも、とがっていたり、ごつごつしたふしのあるつるはそうじゃないの。もうひとつの見分け方は、見つけたつるをこうして折ってみて、出てきた汁《しる》のにおいをかいでみる」

みんな、おハルさんの折ったやまいものつるに鼻を近づけた。

「やまいものにおいがするじゃろが」

「ふーん。なるほど」

ガマ口のおっちゃんが感心したようにいった。

おハルさんの教え方がよかったから、ぼくらはすぐにやまいもを見つけることができた。

「掘る方がむつかしいのやぞ。やまいもはほんにやわらかいから、少し強い力がふれてもじき折れてしまう。根もとから少し離れたところへ、こうしてスコップを入れていく」

また、おハル先生は見本を見せた。

「子ども二人ずつ組を作って掘れ」

欽どんとカツドン、れーめんとトコちゃん、風太とぼくの組になった。

みんな、ばらばらになった。

風太とぼくはおハルさんにいわれたとおりに、やまいもをさがしてあるいた。

一本のつるを見つけた。

慎重にやまいものつるをたどって根っこをさがした。上の枯れ葉を手でのけると、ぷーんと土のにおいがした。

少し掘ると四方にはりだした根のようなものがあって、そこから下は白いかわいいやまいもだった。

「風太。折ったらあかんぞ」

「うん、うん」

やまいもを見ながらどんどん深い穴《あな》を掘っていった。

とつぜん、きーんとスコップがはねかえされた。

「あかん、風太。石や。石があるワ」

「石と石のあいだにはさまれてしもてるワ。タカぼう」

「うん。どないしよう。そろっとやまいもゆすってみィ」

「うん」

い、い、ほりぐせでやまいものそばの土をのけてから、こわごわやまいもをゆすった。

「あっ」

「わ、折れたァ！」

ぼくは風太と顔を見合わせた。

風太の手には十センチくらいの長さのやまいもしか残っていなかった。

「えらい損したなァ」

「えらい損や」

だけど、ぼくはこのやまいもはえらいと思った。指で押《お》してもつぶれそうなくらいやわらかいのに、あんなかたい石の間にだってのびていこうとするんやもんな。

「風太。もっとやろ」

「うん」

「失敗したけどおもしろいナ—

「うん。おもしろいな、タカぼう」

風太とぼくはつぎのやまいもに、挑戦《ちょうせん》した。

やまいもの葉を見つけて、そろそろつるをたどって、根っこにたどりつく。

口でいうのは簡単やけど、木のトゲにさされるし、クモの糸は顔にくっつくし、たいへんや。

つるのまわりの木を切って、それからまた、えっさえっさと穴を掘っていった。

中腰《ちゅうごし》で穴を掘るのはものすごくしんどい。

風太もぼくも、はあはあいいながらスコップをふるった。

「タカぼう。このやまいも、大きいかわからへんで。掘っても掘ってもつづいてるワ」

「しまいにぼくらが穴にうめられてしまうやんか。いったいどないなっとんや」

「タカぼう。いもが太なってきたで」

「ほんまや」

「ぼく、がんばる」

「うん。がんばろ」

風太もぼくも汗《あせ》でびっしょりやった。

風太やぼくが生きうめになるくらい深い穴を掘った。

ふたりいっしょに掘れなくなったので、一人ずつ交代した。

「いもが大きくなってきた！」

風太が穴の中から叫んだ。

「どれくらいや」

「手のこぶしくらいや、タカぼう」

「やまいもの横綱《よこづな》かもわからへんぞ。風太、そろそろ掘れよ」

しばらくして、風太が、

「うわっ」

といった。

「どないしたんや風太」

「終点や、タカぼう。やまいもがみんな出てきたわ、タカぼう。どないしよう」

風太は泣《な》きそうな声でいった。

「風太、どけ」

風太が穴からごそごそ出てきた。

「わ」

こんどはぼくがすごい声を出した。

高見山《たかみやま》のにぎりこぶしくらいのでっかいやまいもが、ぼくの目の中に飛びこんできた。

「風太」

「タカぼう」

二人とも声がふるえとった。

7　いのちはじゅんぐり

土の中からやまいもを取り出してみると、そのやまいもは風太《ふうた》やぼくの肩《かた》の高さほどもあった。

風太とぼくはそいつをこわごわ持った。

「ほんまにやまいもの横綱や」

「タカぼう。どないしよう」

風太の声はうわずっているし、ぼくの足は小きざみにふるえていた。

「風太。気ィつけよ」

ぼくはやまいもの上の方を持ち、風太は下の方を持って、そろりそろりと山の斜面《しゃめん》を下りた。

「みんな、見てくれえー」

少しなだらかな場所に出て、ぼくは大声をあげた。

なにごとが起こったのかと、みんな寄《よ》ってきた。

「うわっ」

ぼくらの手のやまいもを見て、欽《きん》どんらは目をまん丸《まる》にした。

「すごい」

れーめんは、信じられないといった顔つきをしている。

「ほおう。こりゃ大物じゃなァ」

とおハルさんもいった。

「な、な、な」

風太は、だれかれなしに顔をのぞきこんで、あいづちを求めている。

「なれた大人でも、これくらいの大きなものを掘《ほ》り出すのはなんぎなことやのに、小さな子ォがようやったのう」

おハルさんがほめてくれた。

「やまいも掘りのチャンピオン！」

欽どんがそういって風太とぼくの手を高くさし上げた。

れーめんとトコちゃんが拍手した。とうちゃんらもあわてたように拍手した。

みんな採《と》れたやまいもを見せあった。

おハルさんとお留守ですのおっちゃんの成績が良く、長さ八十センチから一メートルくらいのやまいもが五、六本、つとの中に入っていた。

とうちゃんとかあちゃんとねえちゃんは、三人で一組だったのに、五十センチくらいの長さのやまいもが二本という収穫《しゅうかく》だった。

「じき折れて、うまいこといかん。むずかしいもんやなあ」

とうちゃんは、弁解がましくいった。

カッドンらは、ネズミのしっぽみたいなやまいもを、片手でぶらさげているだけだった。

ほんま。ぼくらがチャンピオンやった。

風太とぼくは顔を見あわせて、それから、

「な」

「な」

といった。

ええ気持ち。

ゴンが、

「ワン」

とほえた。

「おおきに。おおきに」

とぼくはいった。

ガマ口のおっちゃんとパンツ屋のおっちゃんの姿《すがた》が見えないので、ぼくはたずねた。

「おっちゃんらは？」

「あそこにいるワ」

とうちゃんが指さした方を見ると、ガマ口のおっちゃんとパンツ屋のおっちゃんは道ばたにすわりこんで、なにか飲んでいた。

「昼間からいっぱい飲んどる。どもならんごくつぶしや」

とおハルさんはあきれたようにいった。

「ずるいなあ」

とぼくはいった。

「みんな、一服《いっぷく》するか」

おハルさんがそういって、みんな賛成した。

「どや。やまいもは採《と》れたか。ま、ぼちぼちいけ」

ガマ口のおっちゃんはハゼの葉のように顔を真っ赤にさせてぼくらにいった。

「ま、ぼちぼちいけいうて、おっちゃんはもうやまいもを掘《ほ》ったんか」

ぼくがそういうと、ガマ口のおっちゃんは、

「うんにゃ」

と首をふって、

「いっぱい飲んでから、ばーんと掘る」

と威勢よくいいよった。

「そういうことにしましょう。はいはい」

パンツ屋のおっちゃんは一しょうびんをだいて、だいぶめろめろになっていた。

「秋の山はええなあ」

と、パンツ屋のおっちゃんは、とろーんとした目つきでいった。

そら、ええやろ、とお留守ですのおっちゃんはいって、パンツ屋のおっちゃんから一しょうびんをむしり取った。

自分でコップになみなみとお酒をついで、くっくっくっと一息に飲んだ。

「お見事！」

とガマ口のおっちゃんはいった。

「酒飲みチャンピオン」

と欽《きん》どんがいった。

「ほら、みんなこっちへこい」

おハルさんはそういって、持ってきていた風呂敷《ふろしき》包《づつ》みをほどいた。

包みから、お正月のときおせち料理を入れる重箱《じゅうばこ》が出てきた。

「おばあちゃん。それ、なに」

いちばん先に風太が近寄《ちかよ》った。

おハルさんが重箱のふたを取った。

「そら、みんなで食べろ」

「わ」

「わ」

みんな思わず声を上げた。

重箱の中にはタマゴヤキや高野《こうや》どうふ、シイタケやゴボウの煮物《にもの》、それにカマボコやチクワがきれいに並《なら》んでいた。

「おばあちゃん。ぼくシイタケ好《す》き」

風太がせきこんでいった。風太は食べるものを見るとすぐ興奮する。

のりを巻《ま》いたおにぎりも、下の箱に行儀よく「前にならえ」をしていた。

ゴンがごちそうをにらんで、ぺろりと口のまわりをなめた。

「おばあさん。すみません。お昼は家の方でしたくしておりましたのに――」

と、かあちゃんはもうしわけなさそうにいった。

「みんな、たんとお食べ」

おハルさんがいった。

「わあ」

と、みんないっせいにごちそうに突撃《とつげき》した。

「わたしも一つ……」

ガマ口のおっちゃんがのそのそ出てきた。

「働かんもんがごちそうを食うちゅうのんは、子どもの教育に悪いぞな」

と、おハルさんは皮肉《ひにく》をいった。

お留守ですのおっちゃんが横で、

「ヒヒヒ」

と笑《わら》った。

「そんないけずいわんと。な、おばあさん。わたし、高野どうふが大好物《だいこうぶつ》でんねん」

ガマ口のおっちゃんはぜんぜん悪びれてない。手をのばして高野どうふを一つつまむと、ぱくっと食べた。

「こら、うまいワ。年季《ねんき》のはいっとる味や。パンツ屋のおっちゃんも一つちょうだいせえ」

といって、こんどはタマゴヤキに手をのばした。

おハルさんが、

「こりゃ負けたわい」

といって、ホホホと笑った。

おハルさんと、ガマ口のおっちゃんとはどこか似《に》ている。

「えらいすんまへん。ほな一つちょうだいします」

パンツ屋のおっちゃんは小さくなっていった。そんな遠慮深いところは、とうちゃんとちょっと似ている。

「おばあちゃん、ゴンにチクワをあげたらあかん？」

「ええともええとも。おまえはやさしい子じゃなァ」

とおハルさんはいった。

「それはそうと……」

ごちそうを食べ終わってしばらくして、おハルさんがいった。

「おまえたちはやまいもを掘《ほ》った後、ちゃんと土をもとにかえしてきたか」

「……？」

「穴《あな》をうめてきたかときいとるのじゃ」

ぼくたちは首をふった。

「ばかたれが！」

おハルさんのかみなりが落ちた。

「なんちゅうことをするか。ほんとに……。さ、みんなついてこい」

みんなぞろぞろとおハルさんの後をついて、また山の斜面《しゃめん》をのぼっていった。

こんどは、ガマ口のおっちゃんもパンツ屋のおっちゃんもいっしょやった。

「おまえたちがやまいもを掘ったところはどこじゃ」

おハルさんにいわれて、ぼくはやまいもの王様を掘り出した場所へみんなを案内した。

「山を荒《あ》らしてはバチがあたる。その穴をもとどおりにしなさい」

「はい」

風太とぼくは、あわててスコップを手に取った。

「これでいい？　おばあちゃん」

穴をうめて、風太がおハルさんに聞いた。おハルさんは返事をしないで、なにかさがしている。

しばらくして、おハルさんは、

「みんな、よう見とれ」

といって、一本のやまいものつるを見せた。

「これはおまえたちが掘った、あのやまいものつるや。ほうっておいたら死んでしまう。土の中のやまいもをちょうだいしたら、こうして……」

おハルさんはやまいものつるの下の方の、四方にはりだしている根のうちの一本を、土の中にさしこんだ。

「……こうしておくと、また何年かして新しいやまいもができるのやね。いのちはじゅんぐりじゃ」

ふーんとみんなは感心した。みんなはおハルさんを尊敬した。

「それじゃ。この機会に……」

おハルさんはそういって、別のやまいものつるを見つけると手早く穴を掘りはじめた。

「こりゃ。年寄りを働かせておいて、なにをじっと見とる。手伝わんか」

ぼうっと立って見ていたパンツ屋のおっちゃんは、おハルさんに叱《しか》られた。

ガマ口のおっちゃんとパンツ屋のおっちゃんが、おハルさんの助手《じょしゅ》になった。

やがて、はだの白いやまいもが姿《すがた》をあらわした。

「よう見とれよ」

おハルさんはそういって、そろっとやまいもを土から取り出した。

「やまいもにまつわりついている茶色のナワのようなものがあるな。これは親のやまいもじゃ。二つ並べてみるぞ」

おハルさんは慎重な手つきで、白いやまいもにからみついている茶色いナワのようなもの、つまり親やまいもをそろりとはずした。なるほど親やまいもの方が白いやまいもより長かった。

「こうして子ォを大きくする。親は子ォにいのちをゆずるの。やまいもも人間もみんないっしょ」

おハルさんはそういった。

ぼくはとうちゃんとかあちゃんを見た。なんか、ちょっと悲しい気持ちやった。

「親をそまつにしたらいかんぞ」

おハルさんはしんみりといった。

「はい」

「はい」

「はい」

欽どんもカツドンもれーめんも、みんな気をつけをして大声で返事をした。

「なんかええ気持ちやなあ。とうちゃん」

「そうか」

ぼくは山を下りながら、とうちゃんに話しかけた。とうちゃんはにっこり笑《わら》った。

「とうちゃんは？」

「とうちゃんも、ええ気持ちや」

「やっぱり……」

おハルさんとやまいも掘りにきてよかったなとぼくは思った。市場の友だちといっしょにきてよかったなと思った。

みんなも同じ気持ちとみえて、にこにこ顔だった。

おハルさんは首をふって、

「土手のやなぎは風まかせ
好《す》ゥきなあの子は口まかせ
ええい　しょんがいなァ
ああ　しょんがいなァ……」

と歌い出した。

ぼくらもおハルさんの真似《まね》をして、

「土手のやなぎは風まかせ
好《す》ゥきなあの子は口まかせ

ええいしょんがいな

………」

歌いながら首をふりふり山を下りていった。

8　せっかく機嫌《きげん》よう生きとるのに…

真っ赤に咲《さ》いているヒガンバナを見ながら、ねえちゃんと話をした。

「みんな、喜んで帰っていったなあ。ねえちゃん」

「あの子ら、都会にいるより、ここにいてる方が生き生きしてるみたいやないの」

と、ねえちゃんはいった。

欽《きん》どんらは、やまいもをしっかり腕《うで》にかかえて、意気ようようと帰っていった。いつも帰るとき泣《な》きべそをかくくせに、

「こんどの日曜日、またくるでえ」

と、めちゃくちゃ元気や。ここを自分の家みたいに思ってるのやろ。

おハルさんにやまいものいのちの話をしてもらったとき、れーめんは後からそっとつぶやいた。

「学校の勉強もこんなのやったらええのに……」

岸本《きしもと》先生に悪いけど、ぼくもそう思う。

ねえちゃんがいうように、みんなはここへくると、ほんとに生き生きしている。やっぱり都会の子にも田舎《いなか》は必要なんや。

「ねえちゃん」

「なに？」

「ねえちゃん、まだ、とうちゃんにおこってるのんか」

「……」

「正直《しょうじき》にいえ」

と、ぼくはいってやった。

ねえちゃんは田舎でくらそうとするとうちゃんの生き方に反対で、とうちゃんに抵抗《ていこう》していたはずや。

ねえちゃんは、はじめとうちゃんに口もきかなかったのに、このごろはとうちゃんにやわらかい顔を向けるようになったし、ものもいう。ねえちゃんはだいぶ変わってきたとぼくは思う。

ねえちゃんは遠い夕やけを見ながら、

「さあ？」

といった。

「さあって、どやねん。そんないい方、ひきょうやぞ」

「そないにむきになることあらへんやないの。人生は長いねんで。タカぼう」

「あほか」

そういったけど、ぼくはなんだかうれしい気がした。

ねえちゃんは、ぼくにむきになることあらへんといったけど、つい、この間まで、

「大人の都合で、子どもの生活を大人の考えにしたがわせるというのは、暴力《ぼうりょく》や」

と、むきになっていっていたのは、ねえちゃんの方や。

ぼくも、はじめはねえちゃんと同じ考えだったけど、ここでいろいろな生き物に囲まれてくらしているうち、ここの生活もええなァと思えてきたから、今はもう、ぼくは「反とうちゃん党《とう》」とちがうことになる。別にねえちゃんを裏切《うらぎ》ってそうなったわけやないけど、ねえちゃんがいつまでも、とうちゃんの考えやぼくの考えとちがうのはつらいことや。

「タカぼう。あんた、いつまでこんな生活をつづけるつもり？」

「うん？」

ぼくはどきっとした。

「ねえちゃんはまだ……」

「そやないねん。そやないの。ここに住むのはいいけど、田舎に住んで街《まち》の学校に通うというのは、ぜいたくというだけでなしに、ここの村の人や村の子どもに失礼なことになるのやで。うちらは特権階級《とっけんかいきゅう》なんか？　ちがうやろ。うちらは貧乏《びんぼう》絵かきの子どもやねんで」

「そんなこというたら、とうちゃんに悪いやないか」

「そやかて、その通りやないの。とうさんを軽蔑《けいべつ》して貧乏絵かきというてるのやないねんで。タカぼう、そこ、まちがわんとってよ。別に貧乏は自まんすることやないけど、いっしょうけんめい仕事をして貧乏なのは、はずかしいこととちがうのやで」

「そんなことわかっとるわい。岸本先生と同じことというな」

「わかってたらよろし」

と、ねえちゃんはえらそうにいった。ぼくは心の中で、お説教たれるなといってやった。

「タカぼう。あんたがほんとにとうさんの生き方に共鳴《きょうめい》して……」

「共鳴いうてなんや」

もおう、とねえちゃんはいった。

「心の底から同じ気持ちになるということや」

「ふーん」

もう、間がぬけるなとねえちゃんはいった。

「……つまりタカぼうが心からとうさんの生き方に賛成するのやったら、あんたは地元の学校に通うべきなんや。あんた、その気ィあるの」

「………」

ぼくはしょんぼりしてしまった。

そんなことまで考えているねえちゃんをえらいとは思うけど、こんなねえちゃん持って、ぼくはふしあわせやとも思う。

ものごとをよく考える人間はえらいけど、そのかわり不便や。ひとがせっかく機嫌よう生きとるのに、なにやらごちゃごちゃ考えさせるんやもん。

「ほな、ねえちゃんはどやねん」

と、ぼくはいうてやった。

「うちか」

「そうじゃ」

ぼくはごまかしたら承知しやへんぞ、という顔をして、ねえちゃんをにらんでやった。

「ねえちゃんは今ハムレットの心境《しんきよう》や」

「………?」

「ハムレットって生まれたときから死ぬまで、ずっと悩《なや》みつづけた人や。うちはそんな人にあこがれてるねん。ハムレットって、ハムのはいったオムレツやと思てた？　タカぼう」

「あほか。ぼくはまじめやのに、ねえちゃんがそんなことばっかりいうのやったら、ぼくはねえちゃんを軽蔑する」

ごめん、とねえちゃんはいった。それからまた、遠く、夕やけを見た。

「タカぼうってえらいなァ。どこでもたくましく生きていくタイプやねんな。タカぼうは……」

そういったねえちゃんは、びっくりするくらいまじめな顔やった。

ぼくはねえちゃんを問いつめるのはやめようと思った。そんなことをしなくても、ねえちゃんとぼくは、いっしょに生きていくんやもん。

「ねえちゃん」

「うん？」

ひざこぞうをかかえて夕やけを見ているねえちゃんに、ぼくはいった。

「夕やけの中のヒガンバナってきれいな」

ねえちゃんはこっくりうなずいた。

ゴンもやさしい目をしていた。


とうちゃんの声がした。

「タカユキ。ニワトリにえさをやったんか」

「まだやァ」

「ニワトリが腹《はら》すかせてるぞ」

「はいはい」

ぼくはあわてて立ち上がった。

「タカぼう。きょうの話のつづき、またいつかしようね」

と、ねえちゃんはいった。

「うん。人生長いねんもんな。ぼちぼちいこ。ねえちゃん」

ぼくはねえちゃんにお返しをしてやった。

「ぼちぼちいこやなんて……」

と、ねえちゃんはころころ笑《わら》った。

とうちゃんが長ぐつをはいて出てきた。

「手伝うてくれるのんか、とうちゃん」

「おう」

と、とうちゃんは熊《くま》みたいな声を出した。だれにいわれたわけでもないのに、ニワトリにえさをやる役はいつからかぼくの役になっている。

「ほな、そこらの草っぱらでハコべをとってきて」

「よしよし」

と、とうちゃんは機嫌《きげん》がいい。

とうちゃんはおハルさんが好《す》きやねんなとぼくは思った。

どうしてって？

だって、おハルさんに会った後のとうちゃんは、いつもにこにこしているもんね。

ぼくは納屋《なや》に入って、ニワトリのえさを調合《ちょうごう》した。

ヌカ、フスマ（小麦からメリケン粉をとった後の粉）、クズ米《まい》、それにノコクズ。ノコクズというのはノコギリで材木をひいたときに出る木クズのことやけど、ぼくははじめ、なんでそんなものがえさになるのかわからなかった。

もっとも、ノコクズそのままではえさにならない。ヌカとノコクズ、それを発こうさせる菌《きん》をまぜて、たい肥《ひ》を作るようりょうでビニールをかぶせておいておくと、ほこほことしたえさになる。

とうちゃんにいわせると、これはニワトリの飼料《しりょう》にもなるし、同時に薬のような役目もはたすそうだ。とうちゃん自慢のえさやけど、とうちゃんの発明とちがうところが残念や。

自然養鶏場《しぜんようけいじょう》でニワトリを飼《か》っている人のところへいって教えてもらってきた。

とうちゃんは、他人には自分が発明したえさのようにいってるけど……。

ぼくは種あかしをしない。武士《ぶし》の情《なさ》けや。

ノコクズ発こう飼料もやるし青草もたっぷりあげるから、ぼくのとこのニワトリは本当に元気がいい。

もう黄色いうぶ毛のヒヨコじゃない。

頭のてっぺんに、かわいい桃色《ももいろ》のトサカがはえかけている。

「もう、中ビナかなァ」

ニワトリにえさをやりながら、こんどはハコベをどっさり両腕《りょううで》にかかえて鶏舎《けいしゃ》に入ってきたとうちゃんと話をした。

「まだピヨピヨと鳴いているから、ヒヨコのうちやろな」

とうちゃんはそういいながら、ハコベをどさっと地面に投げた。

びっくりしたようにニワトリたちが散った。けど、じきもどってきて、おいしそうにハコベを突《つ》つきはじめた。

青草を小さくきざんでえさにまぜていたのはヒヨコのうちだけで、今は自然にまかせている。

過保護《かほご》にしないことと、とうちゃんはいう。ぼくもそれに賛成や。

過保護というたら、その反対のあの野良《のら》トリ君はまだぼくらになじもうとしない。

もう一羽変なのがいる。

みんながえさを食べているのに、一羽だけ、ハエや飛んでいる小虫を追っている変わったやつや。

「こら、タカぼう。こっちへきて、みんなといっしょにえさを食べろ」

と、ぼくはいった。

「タカぼうって？」

とうちゃんがたずねた。

しもたとぼくは思った。

「あれ、落ちこぼれのニワトリや。そやからタカぼうって名前をつけたんや」

ぼくは一年生のとき、変わった子といわれた。受け持ちの先生とぼくのかあちゃんは、ぼくのことでよく話し合っていたみたいやった。

「タカユキ。何回もおまえに話したことやけど、とうちゃんはニワトリをペットにするために飼《か》っているとちがうのやで」

「わかっとる」

ぼくは下を向いて、小さな声でいった。

「おまえのやさしい気持ちはわかるけど、おまえがタカぼうなんて呼《よ》んでいるニワトリも、やがては食べてしまわなくてはならんのや」

「わかっとる」

ぼくの声はますます小さい。

「そうか。わかっとるか。わかっとったらええ」

とうちゃんは少しやさしい声でいった。

ぼくは横目でニワトリたちを見た。

(自給自足《じきゅうじそく》はつらいなあ)

と、ぼくは思った。

(いつまでもヒヨコのままでおれよ)

ぼくはそっとニワトリたちにいった。

「タカユキ。ええ夕やけやなあ」

と、とうちゃんはいった。

「うん」

「きょうは、ええ日曜日やったなあ」

「うん」

「とうさんは今、なんかこう力がもりもりわいてくるような感じなんや。いい絵をどんどんかいてやるぞ。おれは生きてるぞォ……ってな」

ぼくはとうちゃんをまぶしく見上げた。とうちゃんがそんなにはりきっているのを見るのは、なんかはずかしい。けど、うれしい気持ちや。ぼくはとうちゃんにいってやった。

「とうちゃん。ぼちぼちいけ」

「……………?」

とうちゃんは一瞬変な顔をして、それから、

「ぼちぼちいけか……。そうか、ぼちぼちいけか」

といって、

「うわははは……」

と、腹《はら》をかかえて笑《わら》い出した。

「なにをまた楽しそうに笑っているの」

かあちゃんがエプロンで手をふきふき外へ出てきた。何事が起こったのかと、ねえちゃんもつられて出てきた。

ぼくは、今にもぼくらの頭の上にかぶさりそうになるほどでっかい夕日を指さして叫《さけ》んだ。

「あそこまで、はだしでかけていこうか。とうちゃん」

「さっき、おまえはぼちぼちいけというたやないか」

「そうか」

ぼくは頭をかいた。

とうちゃんは笑っていった。

「ははははは。ほな、ぼちぼちかけていこ」

「そや。ぼちぼちかけていこ」

ぼくはとうちゃんと握手《あくしゅ》した。

かあちゃんとねえちゃんが顔を見合わせて笑っていた。

9　ねえちゃんの家出

ぼくはもうねえちゃんがわからんようになってしもた。

つい先日、ねえちゃんとふたりで、ここのくらしについて話し合ったばっかりやのに、ねえちゃんは、ぼくにひとことの相談もなしに、家出をしてしまいよった。

とうちゃんもかあちゃんも青い顔をして考えこんでしまっている。

ねえちゃんからぼくの学校に、きょうは遅くなるから先に帰っておいてほしいという連絡があったので、ぼくは一人で家に帰ってきた。

その日の午後七時ごろ、ねえちゃんから家に電話があって、机《つくえ》のひき出しの中に手紙をおいてあるから読んでほしいといってきた。それで、ねえちゃんの家出がわかった。つぎはねえちゃんの手紙。

「とうさん、かあさん、それからタカユキ君へ。

自分のしようとしていることは、わがままなことで、とうさんかあさん、それにタカユキを心配させることになるということは、よくわかっているつもりです。自分の気持ちに正直《しょうじき》に生きることと家の平和とを考えて、わたしはわたしなりに悩みました。とうさんかあさんが、島で新しい生活を作ろうとしていることは、立派なことだし、子どものわたしはそれをほこりにさえ思います。

けれど、そのことが立派であればあるほど、その生活がわたしの意志《いし》ではないことが、どうしてもくやしいのです。

とうさん、かあさん。どうか、この気持ちわかってください。

わたしは親友の上野《うえの》良子《りょうこ》さんの家から学校に通います。上野さんのご両親はこの夏、東京へ転勤《てんきん》されて、良子さんは大学にいっている良子さんのねえさんとふたりぐらしです。

二人はわたしの気持ちをよくわかってくれています。今、わたしはおこづかいをどっさり貯《た》めて持っていますので、経済的《けいざいてき》に迷惑をかけることはありません。

しばらく、わたしのわがままを許《ゆる》してください。よく考えてみますから。

かな子」

追伸として、上野良子さんの家の電話番号が書いてあった。

かあちゃんはため息をついた。

「とうさん。どうしますか」

かあちゃんは、また、同じことをとうちゃんにたずねた。

「うむ……」

とうちゃんだってすぐに返事ができないのや。

「ともかく良子ちゃんのとこへ、わたし、電話をかけてみます」

かあちゃんは少しいらいらしていった。

「まちなさい」

とうちゃんが止めた。

「親としてこんなことほっておけないでしょ」

かあちゃんの目は少しきつくなっている。

「かな子に腹《はら》を立てているうちは、かな子になにかいうのは、よくないことだよ」

「……」

とうちゃんはかあちゃんをたしなめるようにいった。

「ぼくはねえちゃんに腹立ててるで」

ぼくはいった。

「そうだろうなあ。おまえは傷《きず》ついたやろ。わかる気がする」

とうちゃんはぽっつりいった。

「ともかく夕飯《ゆうはん》にしようやないか。かな子がどこにいるかわからんというわけじゃないんだから」

かあちゃんは不満そうだったが、とうちゃんのいわれるとおりにした。

さびしい夕飯だった。

このこといつかねえちゃんにいうてやるぞとぼくは思った。

「かあさん。この島にくるとき、かな子に反対されたね。そのときと今と、自分の気持ちがずいぶんちがうのだけれど、どうしてだろ」

食事が終わってお茶を飲んでいるとき、とうちゃんはそういった。

かあちゃんはじっと、とうちゃんの顔を見た。

「あの子はわれわれの生き方、ここでの生活をわかろうとして、あの子なりにずいぶん努《つと》めてくれていたように思うのだけど……。かあさんはどう思う」

「そりゃ……」

とかあちゃんも口ごもりながらいった。

「かな子の手紙を二度三度と読んでみたが、不思議に腹《はら》は立たなかった。わたしたちにさからっているようなのだが、ほんとうは、あの子はわたしたちを本気でわかろうとしてくれているのじゃないか。そう思ったんだ。どうだろう。かあさん」

かあちゃんはだまっている。だけど、とうちゃんのことばをじっと考えていることが、かあちゃんの目の色でわかる。

「島の生活が自分の意志《いし》でないことがくやしいって、こういうふうにいわれ方はなんともこたえるね。あの子はもう自立しかけているんだよ。かあさん」

かあちゃんはほっとため息をついた。はじめの困《こま》りはてていたときのため息と、少しちがっているような気がした。

「ぼくはねえちゃんを許してやれへんで」

ぼくはおこったふりをしていってやった。

かあちゃんがぼくを見て、ちょっとほほえんだようや。

「お茶をかえましょうか」

とかあちゃんはいった。いつものようにやさしいかあちゃんだった。

コロコロコロとどこかで虫が鳴いた。

「タカユキ。あんた、明日、ねえちゃんの着替《きが》えをもっていってやってくれる？」

「いややで」

ぼくは意地悪《いじわる》をした。

「ぼうず、なにをいうとるか」

とうちゃんがぼくの頭をぐいとついた。

とうちゃんとかあちゃんが、電話でねえちゃんと静かに話している声をきいて、ぼくは安心してねどこに入った。

ねえちゃんの親友の良子ちゃんに、ぼくはウーマンリブというあだなをつけていた。ボーイフレンドをたくさん持っていて、いつもえらそうに命令するようにものをいう。おとなの週刊誌《しゅうかんし》を平気で読んでいて、

「タカぼう、あんたキッスの経験《けいけん》ある？」

とか、

「タカぼう。わたしと結婚《けっこん》する気ィない？」

とか、気持ちの悪いことをいってはぼくをからかう。

ねえちゃんはいつまで良子ちゃんといっしょに住むのか知らんけど、ぼくはちょっと心配や。

ぼくは学校がひけてから市場の友だちに、ねえちゃんの家出のお知らせをして歩いた。

「へえ。かな子ちゃんやりますな」

ガマ口のおっちゃんは感心したようにいった。

「とうちゃんが、ねえちゃんのことよろしゅうたのみますっていうとったけど……」

「あい、あい」

ガマ口のおっちゃんはいった。

「……べつによろしゅうしてやらんでもかまへんで」

とぼくはいった。

れーめんは、

「人ごとやあらへん。うちの子ォも……」

といいかけて、メスのれーめんに、

「あほ。うち、家出なんかしやへん」

とせなかをどーんとたたかれた。

「娘《むすめ》に家出されたら、わし、おまんまの食いあげや」

おヨメさんのおれへんお留守ですのおっちゃんは、
パンツ屋のおっちゃんは、あいかわらず、なさけなさそうにいった。

「ふむ、ふむ、ふむ……」

と腕《うで》を組んで深刻《しんこく》そうな顔をした。

「困《こま》ったことがあったらいつでもおばちゃんにいうておいでって、ねえちゃんにいうといて」

おばちゃんはいつもやさしかった。

（腹立《はらた》つなァ、もう）

ぼくはねえちゃんの着替《きが》えを入れた赤いボストンバッグを引きずるようにして歩きながら、口の中でぶつぶついった。

（家出をしてみんなに心配してもろて……ほんまにもう。よい子わるい子ふつうの子。ぼ

くもわるい子になったろか)

ぼくは良子ちゃんの家のベルを押《お》した。じき良子ちゃんが顔を出した。

「あら。タカぼう」

(なにが、あら、タカぼうや)

ぼくはどさんと、ねえちゃんの赤いボストンバッグを玄関において、知らん顔で背《せ》を向けてやった。

「なんやの、タカぼう。どうしたの」

(どうしたのやて。あほか)

「タカぼう。あがんなさいよ」

「ねえちゃんにいうといて」

ぼくは後ろを向いたままいった。

「もうねえちゃんと絶交するよってそういうといて」

「あら。タカぼうおこってんの」

ぼくがだまって行きかけたら、良子ちゃんはあわてて、ぼくの肩《かた》をつかんだ。

「離せ。チカン」

「まあ。チカンやて。ま、なんでもいいけど、ちょっとまちなさいよ」

良子ちゃんはぼくをつかんで離さない。

「かな子ちゃあーん」

と、ねえちゃんを大声で呼《よ》んだ。

「ま、すわんなさいよ」

と良子ちゃんはいった。

「タカぼうがかな子ちゃんの味方になってあげなくてどうするの」

(ずうずうしいな。勝手なこというて。これやから女は嫌《きら》いなんや)

「タカぼうに相談しなかったのは悪いけど……」

「……」

ぼくは突《つ》っ立ったままやった。

「タカぼう、すわって……」

ねえちゃんはいった。

「ぼくは裏切《うらぎ》り者《もん》と口をきくのんいややねん」

「冷たいナ」

「冷たいのはだれや。また話しようというたんだれや。ねえちゃんはたった一人の弟を裏切ったんや」

「ごめん。タカぼうにそういわれるとねえちゃんつらい」

ねえちゃんはしょんぼりしている。

いいすぎたかなとぼくは思った。

「話だけきいて。それでもタカぼうがねえちゃんを許さへんというのやったらしょうがないけど……」

　ぼくはすわってあぐらをかいた。

「ほな、話せ」

　なぜか良子ちゃんがくくっと小さく笑《わら》った。

「タカぼう。あんた、はじめ島へいくのを反対したやろ。その気持ち、今はどうなってるの」

「……」

　ぼくはちょっとつまった。

「はじめと今とはちがうわい」

「どうちがうの」

　ねえちゃんに問《と》いつめられて、ぼくはやけくそみたいにこたえた。

「ぼくは島のくらしが好《す》きなんや」

「ねえちゃんもや」

　えっとぼくはおどろいた。

（ほな、なんで家出したんや）

「な、タカぼう。そこのとこわかって。ねえちゃんも島でくらしているうちに島の生活がいいなって思うようになったし、とうさんやかあさんがどうしてそうしようと思ったのかも、少しずつわかるようになってきたのや。だけど、そうしようとしたのは、あくまで、とうさんとかあさんであって、わたしらは、とうさんとかあさんの生き方をなっとくさせられただけのことやろ」

（また、ごちゃごちゃ理屈をこね出しよった）

「それやったら、自分の生き方というもんがどこにあるの。ね、タカぼう」

「あのね、タカぼう」

良子ちゃんがよこから口を出した。

「わたしらも父の転勤《てんきん》にしたがって東京に行くところやったんやけど、ねえちゃんと二人で抵抗《ていこう》したんよ。どんな生きものでもやがて親から独立《どくりつ》するもんやということはタカぼうもわかるでしょ。自分の意志で生きるってことはとても大事《だいじ》なことなんよ」

「ほな、ぼくは自分の意志で生きてえへんのか」

ぼくは腹《はら》が立ってきた。

「だれも、そんなこというてないやないの。かな子ちゃんが、かな子ちゃんのおとうさんやおかあさんにただささからっているだけやったら、わたしらかな子ちゃんを応援《おうえん》したりせえへんよ。かな子ちゃんは島の生活を自分の意志で自分のものにしたい気持ちがあるの。そのために少し時間がほしいだけなのよ。タカぼう、そこのとこをわかってあげなさいよ」

なんでそんなややこしいまわりくどい生き方をするのかぼくには少しもわからへん。だけど、ねえちゃんはぼくよりも大人に近い。いつか岸本先生が青春《せいしゅん》は悩みや、青春は複雑やというてたから、ねえちゃんも今、そんな気持ちかもしれん。

人間はややこしいな。ぼくはねえちゃんとちがって、なるべく簡単に生きてやる。

(ねえちゃんはそれでいいかしらんけど、とうちゃんやかあちゃんがさびしい思いをしているのはどうしてくれんねん)

そういいかけたけど、ぼくは口をつぐんだ。それをいったらねえちゃんがかわいそうやと思った。

ぼくがだまっていたので、ねえちゃんはいった。

「タカぼう。わかってくれた?」

「わからん。けど、ねえちゃんを嫌いになるのをもう少しまってやる」

「もぉう……」

と、ねえちゃんはすねたようにいった。

だけど、目が笑《わら》っていた。

第3部　きみからとび出せ

1　ねえちゃんのいない家

とうちゃんが生まれたとき、かあちゃんとねえちゃんとぼくは、この世にいなかった。

かあちゃんが生まれたとき、ねえちゃんとぼくはいなかった。

ねえちゃんが生まれたとき、ぼくはいなかった。

ぼくが生まれたときは、とうちゃんもかあちゃんもねえちゃんも、ちゃんとこの世にいた。

ぼくは得《とく》したことになる。

ぼくがそういったら、かあちゃんは変な顔をした。

「そらそうだけど……。だけど得をしたことになるのかしら。順番でいくと、とうさんが死んで、そのつぎ、かあさんが死ぬでしょう。かな子とあなたは、たいして年はちがわないけれど、それも、順番なら、かな子が先でしょ……」

「そんなこといわんとって」

と、ぼくはかあちゃんのことばをさえぎっていった。

かあちゃんはぼくの顔をじっと見た。

「あなた、かな子がこの家からいなくなって、それでそんなことを考えたの」

「ちがうで。ねえちゃんなんかおらんでも、ぼく平気やで」

ぼくはあわてていった。

かあちゃんはそんなぼくを無視《むし》するように、しんみりいった。

「家族《かぞく》って一人でも欠《か》けると、さびしいもんやね。どこかにぽかっと大きな穴《あな》があいて、そこから風がひゅうひゅう吹《ふ》いてくる感じで、かあちゃんも落ちつかへんのよ」

「勝手者《かってもの》のねえちゃんなんかおらんでも、ぼく、へぇーき。な、ゴン」

ぼくは強がりをいってやった。

「ゴンは生まれてすぐ一人になったけど平気やもんな。な、ゴン」

ゴンは、

「ワン」

とほえて、いつものくせできょとんと首をかしげてぼくを見た。

ねえちゃんがいなくなった最初の日曜日、お昼から、かあちゃんととうちゃんとぼくは、竹三《たけぞう》さんのうちの稲刈《いねか》りを手伝いにいった。

「まあまあ、すまんのう」

と、竹三さんのおくさんはいった。

「こちらこそ、いつもいつもお世話になっています」

と、とうちゃんはいって、かあちゃんと二人でおじぎをした。

「せっかくの日曜日やというのにすまんことやの」

竹三さんのおくさんは、ぼくにも礼をいってくれた。

いなかの人はていねいやな。

「このごろはいなかの子でも、家の仕事は手伝わんのによ。えらいよの、タカぼうは」

竹三さんのおくさんはぼくをほめてくれた。

「ま、肩《かた》をこらさんように、ぼちぼちやってくれよ」

と竹三さんは笑《わら》いながらいった。

ねえちゃんが家出をしたことは、竹三さんもおくさんも知っていて、二人はぼくらをかばうようにねえちゃんのことは話題《わだい》に出さなかった。

竹三さんの田は海が大きく見える山の中腹《ちゅうふく》にあった。

黄金色《こがねいろ》の稲の穂《ほ》がよく熟《う》れていっせいにおじぎをしていた。

青い海を背《せ》に赤トンボがのんきそうに飛んでいた。

「きょねんは冷害《れいがい》で、七分のできやった。ことしは豊年《ほうねん》やのう」

と竹三さんはいった。

「このへんを刈《か》ってもらおかいの」

と竹三さんのおくさんはいった。

稲刈りといっても、このごろは機械がやってしまう。でも、ここは山村で、田は曲《ま》がりくねった段々畑《だんだんばたけ》が多いから、機械がはいらなくて一株《ひとかぶ》ずつ人の手で刈り取っていくところもたくさんある。

とうちゃんもかあちゃんも鼻の頭に汗《あせ》をかいて、ざっくざっく稲を刈っている。そう書くとカッコいいみたいやけど、その横に竹三さんのおくさんがいて、すごいスピードで稲を刈っていくから、とうちゃんやかあちゃんの仕事は、その横で子どもが遊んでいるみたいに見える。

けど、そらしょうがないな。

「タカぼう。稲をそう持ったらいかん。そうつかんだら、逆手《さかて》になって鎌《かま》で手を切る」

竹三さんのおくさんはあわてたようにいって、ぼくの手を直してくれた。

親指《おやゆび》を下にして稲束をにぎっていたのを、親指が上になるようにしてにぎる。そうして刈ると、はじめは変な感じだったけど、すぐなれて、その方が自然で、早く刈れるようになった。

「ふーん。なるほど、そうか」

とうちゃんはぼくの様子を見ていて感心したようにいった。

「みんな逆手で刈っていたのかいな。はじめにそれをいっておかなかったわたしが悪いけど、あぶないことよな」

と竹三さんのおくさんはいった。

稲刈りひとつするのにも、勉強がいるのやなと、ぼくは思った。

学校の勉強は、勉強のごく一部分と、とうちゃんがよくいうけれど、ここで暮らしはじめてから、とうちゃんのいうことがわかる。

虫とりも野菜《やさい》づくりもやまいも掘りも、みんな勉強がいる。

その勉強は、欽《きん》どんや風太《ふうた》もかんたんに優等生《ゆうとうせい》になれる勉強やからいい。

そんなことを思っていたら、もうひとつ、大きな勉強がぼくたちをまっていた。

くさむらの近くの田の端《はし》で稲《いね》を刈っていたかあちゃんが、突然、

「わ！」

と、なにかにはじかれたように飛びのいた。

かあちゃんはあるところを指《ゆび》さして、小さくふるえている。

「そばへ寄《よ》るな。はなれてろ！」

竹三さんのおくさんが鋭《するど》い声で叫《さけ》んだ。

「とうちゃんよう！」

竹三さんのおくさんが、稲刈り機で作業している竹三さんを大きな声で呼《よ》んだ。

竹三さんがかけてきた。

竹三さんはおくさんの指さす方を見るなり、稲を干《ほ》すときに使う木をすばやくとって、なにかを押《お》さえつけた。

ぼくはこわごわそれを見にいった。

「マムシですか」

とうちゃんがたずねた。

「そやな。去年《きょねん》も一人かまれた。あぶないとこやった」

と竹三さんはいった。

かあちゃんはまだ、ふるえている。毒《どく》へビときいて、いっそうこわくなったのか顔が真っ青だった。

そいつは五十センチくらいの長さで、胴《どう》はずんぐりしていた。まえに少年雑誌《ざっし》で見たツチノコによく似《に》ていた。

頭はとがっていて三角形だった。

竹三さんはしゃがんで、そいつの首ねっこをぎゅっとすごい力でつかんだ。

「わっ」

とぼくは思わず叫んだ。

毒へビをつかむやなんて。

竹三さんが毒へビを持ち上げてきた。竹三さんの手に、そいつが巻《ま》きついている。

かあちゃんが悲鳴をあげて逃《に》げた。

竹三さんはそいつを岩角につれていった。

なにをするのかとぼくが見ていると、竹三さんはこぶし大の石をひろって、やにわに、そいつの頭の上にそれをふり下《おろ》した。

「わあ」

ぼくはまた叫び声をあげていた。

にぶい音がして、そいつの頭がつぶれた。

血が飛び散《ち》った。

とうちゃんが顔をそむけた。

ぼくは気分が悪くなり、吐《は》きそうになった。

「かわいそうだけどもよう」

竹三さんは、とうちゃんにともぼくにともなくいった。

「やらんとやられる」

とうちゃんはちょっとうなずいた。

「ざんこくなところを見せてタカぼうたちには悪かったが……」

「いいえ」

と、とうちゃんはいった。それからとうちゃんはぼくに、

「よく見ておきなさい。毒を持ったヘビと、そうでないヘビを見分けられるように――」

といった。

ぼくはそのとき、きっと青い顔をしていたと思う。自然の勉強って楽しいことばっかりやない。きびしいなあとぼくは思った。

「少し一服《いっぷく》せんかいの」

竹三さんのおくさんがぼくたちをなぐさめるようにいって、よく冷《ひ》えたカン入りコーヒーを持ってきてくれた。

コーヒーを飲みながら竹三さんが話してくれた。

「どういうわけか人間は長いものを見ると気味悪がる。ヘビは人間の嫌われものだが、気味が悪いからといって、害《がい》も加えないのに、いじめたり殺したりすることはだれにも許《ゆる》されておらん。自然の生きものは生きていくためにどうしても必要《ひつよう》なときだけ、ほかのいのちをもらって、そうして生きている。タカぼう、おっちゃんは平気でヘビを殺しているのやないぞ」

「うん」

ぼくはうなずいた。

そう話す竹三さんはえらい先生みたいやった。

それから、くさむらの近くの稲を刈《か》るときは、先に安全をたしかめてから刈っていった。

稲を刈りながらぼくは思った。

ごはんを食べるとき、お米をつくった人の苦労などだれも考えない。今までお金はなんでも買えて便利なもんやと思っていたけど、お金は人の苦労まで買ってしまう。

「アタタ」

と、とうちゃんが悲鳴をあげた。

背《せ》のびをしようとして腰《こし》をのばした拍子に痛《いた》くなったらしい。

「とうさん。どうしました？」

とかあちゃんも立ち上がりかけて、

「アタタ」

と、とうちゃんとおなじように、悲鳴をあげた。

「なれんと腰が痛いもんよ」

竹三さんのおくさんは笑《わら》いながらいった。

ぼくは平気や。

「えらいよの、タカぼうは」

ぼくはまた、竹三さんのおくさんにほめられた。

とうちゃんとかあちゃんは、それからも十分おきくらいに腰をのばしては、

「アタタ」

「アタタ」

をくりかえしていた。

竹三さんが田の真ん中に、稲掛《いなか》けをつくった。

「長い時間の稲刈りは、はじめてのもんにはきついわな。稲束を稲掛けにかけておくれ」

竹三さんはとうちゃんとかあちゃんに助け船を出した。

「はいはい」

とうちゃんはとてもいい返事をして、ぴょんぴょんと飛ぶようにして稲掛けのところへいった。

「とうちゃん」

ぼくは大声でとうちゃんを叱《しか》ってやった。

もうしょうがないね、とうちゃんは。

「タカぼうもあっちの方の仕事を手伝ってきたら」

と竹三さんのおくさんがいったけど、ぼくはとうちゃんのように弱虫とちがうというところを見せんといかんから、

「いいからいいから」

といって稲刈りをつづけた。

「えらいよの、タカぼうは」

竹三さんのおくさんはまた、ぼくをほめた。

広い田がとうとう丸ぼうずになってしもた。

世界が広くなったような気がした。ぼくはひとつ深呼吸《しんこきゅう》をした。

いい気持ちや。

こんな気分、欽どんや風太らに味《あじ》わわせてやりたいなとぼくは思った。

それから、家出をしてねえちゃんはひとつ損したと思った。

考えるのは勝手やけど、考えるだけではたくさんのことを知ることはできないし、だいいち、こんないい気分になれへんもんな。こうしてきょうを力いっぱい生きたら、もうそいつはぽんとけとばして、また、あしたや。

2　ぼくらの冒険

「タカぼう。ちょっとたのみがあるねん」

欽《きん》どんらと遊んでいると、ねえちゃんと良子《りょうこ》ちゃんがやってきていった。

ねえちゃんが家に帰らなくなって、ぼくはねえちゃんと待合わせる必要はなくなってい
たけど、みんなと遊ぶ時間がなくなるのはいやなので、前と同じ時刻《じこく》の午後四時半か五時
ごろ、電車に乗るようにしていた。

「良子ちゃんのご両親が新幹線《しんかんせん》の最終便で帰ってくるって、さっき電話があってん」

「急にそんなこというのん困るワ」

と良子ちゃんはいった。

また二人してへんなことをいってきたとぼくは思った。

(なんで困るねん)

「きょう土曜日やろ。土曜日はミータンのデートの日やの」

ミータンというのは良子ちゃんのねえさんのことで、ほんとの名前は美鈴《みすず》。名前と同じ
ですごいべっぴんさんの女子大生。

良子ちゃんはミータンのことを、

「うちなんかより、はるかにとんでるオナゴナンジャ」

と、ちょっとうらやましそうに、ちょっと腹立《はらだ》たしそうにいっている。

「あのこ、デートの日は帰りがすごく遅いから……」

良子ちゃんは心配そうにいった。自分のねえさんのことを、あのこなんていうている。

「な、タカぼう、聞いて。わたしら責任を持ってちゃんとした生活をしますって約束して、二人ぐらしをゆるしてもらったのに、ねえちゃんが夜遅く帰ってくるのを両親に知られるのは、ちょっとまずいの。わかる？」

（わかるかい。そんなこと）

「今からミータンをさがしに行くねんけど、タカぼう、あんたついてきてくれへん。うちら中学生やし、夜の繁華街《はんかがい》ってこわいやろ」

ぼくはへえーと思った。二人とも気が強いけど、やっぱり女の子なんやな。

「二百円でタカぼうを用心棒《ようじんぼう》に雇《やと》おうって、良子ちゃんと相談したんや」

とねえちゃんはいった。

「ぼくも雇うてえ」

そばで話をきいていた欽どんがいった。

「ぼくも」

「ぼくも」

とカツドンと風太《ふうた》もあわてていった。

「子どもを夜の街《まち》につれ出す理由なんてあれへんやないの。あんたらおかあさんにどういうの」

カツドンと風太は顔を見あわせたけど、欽どんは、

「なんか理由、考えるワ」

と、もうひょろひょろと歩き出していた。カツドンと風太があわてて後をおった。

「あの子ら、ほんとについてくる気ィやろか。あんなんぞろぞろついてきたら、かえって足手まといや」

ため息《いき》をつくように良子ちゃんはいった。

「みんなといっしょやったら、ぼく行くけど、ぼく一人やったら行かへんで。人を差別《さべつ》するのがいちばん悪いって、いつもガマ口のおっちゃんがいうとるやろ」

ぼくは良子ちゃんに抗議した。

良子ちゃんはぷんとくちびるを突《つ》き出した。いいわけできないときの良子ちゃんのいつものくせ。

「どこへミータンさがしに行くのんや」

「ディスコ」

と良子ちゃんはいった。

「ミータンは、今、ディスコに凝《こ》ってるの。聞きとうもないのに、あそこのディスコはどうやの、あっちのディスコはどうやのと、よく話してくれる」

ねえちゃんがいった。

「タカぼう。夜遅くなってもいいように、おとうさんとおかあさんに電話しといたげるわな。おねえちゃんが恋《こい》しいから、きょうはおねえちゃんといっしょに泊《と》まるって」

「あほか。どさくさにまぎれて自分の都合のええことというな。ねえちゃんなんかぜんぜん恋しいことなんかあらへんわい」

かくさない、かくさないとねえちゃんはいった。

腹立《はらた》つなあ、もう。

しばらくして、欽どんたちがもどってきた。けど、みんな、おかあさんといっしょや。

「まあまあ、すみませんね。人形劇《にんぎょうげき》を見につれていってくださるそうで……」

欽どんのかあちゃんがいった。

「ほんとにどうも……」

「おせわになります」

カツドンのかあちゃんも風太のかあちゃんも頭を下げている。

さては……とぼくは欽どんをにらんだ。欽どんはあわてて片目をつむった。

みんなはおかあさんから、それぞれ電車賃をもらった。

「見ィ賃は、かな子ちゃんと良子ちゃんが出してくれるねん」

と欽どんはいった。

そんなわけにはいかしまへんといって、おかあさんたちは千円札を何枚かねえちゃんらに渡《わた》しかけたので、ねえちゃんらはあわてた。ねえちゃんはしどろもどろになっていった。

「……あの……切符《きっぷ》は……人にもらったものやさかい……はい……あの……ほんとにいいんです」

ねえちゃんは汗《あせ》をかいていた。

おかあさんたちが帰ってから、ねえちゃんは欽どんのおしりをぎゅっとつねった。

「なにか犯罪《はんざい》にまきこまれてしもうたようなかっこうやなァ」

と良子ちゃんはよわったという顔つきでいった。

れーめんとトコちゃんがこの場にいなくてよかったとぼくは思う。女の子はおしゃべりやよって、すぐ嘘《うそ》がバレてしまうとこや。

歩き出しながら良子ちゃんはいった。

「ま、ええやん。親に内緒ごとして、子どもはだんだん大人に近づいていくねんやさかい」

ぼくは良子ちゃんの顔を見た。

良子ちゃんってなんかこわい。ぼくはねえちゃんが、良子ちゃんと仲良しになるのが心配や。

「あんたら口から出まかせいうて、その場はええけど、家に帰ってどんな人形劇《にんぎょうげき》見てきたんって聞かれたらどないこたえるつもりやのん?」

ねえちゃんがそういうと、三人は顔を見あわせてもじもじした。

「ほらみ。あんたらの悪知恵なんて底が知れてんのやさかい」

「あんたらピノキオのお話知ってる?」

良子ちゃんがいった。

三人ともこっくりした。

「聞かれたらピノキオの話をしといたらええねん」

良子ちゃんはまた悪知恵をさずけた。

「親に嘘つくのは悪いことなんやで」

ぼくは良子ちゃんを無視《むし》して、大声で欽どんらにいってやった。

「うん」

「うん」

「うん」

三人はまたこっくり首をおった。

どっちにも素直やから困るねん、この三人は……。

「タカぼうはどこか優等生《ゆうとうせい》のにおいがするなァ。くさい、くさい」

と良子ちゃんは嫌《いや》な目つきでぼくを見ていった。

あれは軽蔑《けいべつ》の目つき。

「ええねん、ええねん。どうせぼくはイイコチャンやもん」

とぼくがいったら、ねえちゃんが、

「あんまりいうと、この子すねるよ」

と良子ちゃんにいった。

ぼくらは電車に乗って、この街《まち》いちばんの繁華街で降りた。

デパートや映画館、そのほかいろいろな店がおしくらまんじゅうしているみたいにかたまっている。人がいっぱいで風太が迷子にならへんかとぼくは心配した。

子どもだけでこんなとこを歩いていると、なんか胸《むね》がどきどきする。夜になったらどうしようと思うと、ちょっと足がふるえた。

ぼくは二百円の用心棒代《ようじんぼうだい》、もうもらわんとこと思った。

「パチンコしいたいな」

パチンコ屋の前で欽どんはいった。

「残念でした。未成年者《みせいねんしゃ》はおことわり」

とねえちゃんはいった。

「ぼく、まえ、とうちゃんにつれていってもろたことあんで」

とカツドンがいった。

「パチンコは昔《むかし》は子どもの遊びだったんだけど、いつのまにか大人にとられてしもたんや。子どもには勉強せえ勉強せえいうて、大人は遊んでばっかりおるのん。それが今の日本」

良子ちゃんが教えた。大人は働《はたら》いて、それから遊んでいるのに、良子ちゃんのいい方だったら、大人は遊んでいるばっかりみたいに聞こえる。なんか大人にうらみがあるんかな。

「そんやなァ」

と欽どんは単純にいった。

パチンコ屋は満員《まんいん》やった。

風太の姿が見えへん。

とうとう……と思ってさがすと風太は《マクドナルド》の店の前で指をくわえて立っていた。

「風太」

ぼくは風太の左手を強く引っぱった。

「かっこ悪いやんか」

「タカぼう。あれ食べたい。あんなおっきいハンバーガーはじめて見た」

「風太、ぼくのとうちゃんがいうとったぞ。あんなもんばっかり食べとると、栄養《えいよう》がかたよって骨《ほね》はポキポキで、体はふとってブクブクになってしまうんやって」

「そやけど食べたいなァ」

風太は未練そうにいった。

ぼくは風太の手を引いて歩いた。

「タカぼう。ドーナツ屋さんあるウ」

「……」

「タカぼう。ケーキ屋さんあるウ」

「……」

「タカぼう。タコ焼き屋さんあるウ」

「あるわい。そら」

もうあきれた。しょうがない風太や。

とうちゃんが都会は誘惑が多いというとったけど、風太にお金を持たせて、こんなとこにおいとったら、三日もしたら食べすぎて、おすもうの高見山《たかみやま》みたいに太ってしまうやろ。

そんなことを思って、街を歩いている人を見ると気のせいか太っている人が多い。ぼくのとうちゃんぐらいの年の人はたいていおなかがぷくんと出ている。

ぼくの村では、太っている人をさがし出すのがむずかしいくらいやのに。

竹三《たけぞう》さんなんか五十いくつかの年やけど、肩《かた》や胸《むね》の筋肉《きんにく》がもり上がっていて、ぼくが手でさわっても、ぽよよーんとはねかえされてしまう感じや。

太ってる人も多いけど、おしゃれの人も多い。若《わか》い女の人は、色のいっぱいついたオウムが人間になったみたい。

ぼくらはそんな人たちをかきわけるようにして歩いた。

フラワーロードという車の通っている広い道路に出たので、ぼくはほっとした。

プラタナスの木の植《う》わっている道を少し行くと公園に出た。

「あっちはアベック用、こっちは老人用」

良子ちゃんがいった。

良子ちゃんのいうとおり、木の茂《しげ》った方の場所は若い二人づればっかりで、ジャングルジムなどの遊具《ゆうぐ》のある方は、子どもとおとしよりが多かった。

「へんなやなァ」

とぼくがいったら、良子ちゃんは、

「そうなのです。日本という国はへんな国なのです。としよりと若者はいつもべつべつ」

といった。

ぼくらはちらっとおハルさんのことを思った。

おハルさんはおばあさんだけど、ぼくのいる村に一人ぼっちで住んでいる。

良子ちゃんはさっさとアベック用の公園に入っていった。ねえちゃんはなんだかいやいやの感じやった。

ぼくらは二人の後をついていった。

突然、

「ワ」

と欽どんが叫んだ。

ふり向いて欽どんを見ると、欽どんははずかしそうに下を見て歩いている。

「タカぼう」

カツドンも泣《な》きそうな声でいった。

まわりを見て、

「ワ」

とぼくも叫んでしもた。

「風太。見るな、見るな」

ぼくはあわてていった。

風太もぼくも、欽どんもカツドンもうつ向いて歩いた。

「良子ちゃん。こんなとこ子どもの教育に悪いやんか」

ねえちゃんも困ってるみたいや。

「そうかなァ」

良子ちゃんはすましている。

「タカぼう。テレビでキッスシーンを見るやろ」

ぼくは返事をしてやらなかった。

「あれといっしょやないの」

そのあと欽どんがいった。

「キッスはアメリカのあいさつやろ」

「あいさつのキッスもあるけど、恋人《こいびと》どうしのキッスはあいさつじゃないの」

「ふーん」

と風太はいった。

「みんな、する?」

風太がたずねた。

「そうよ。風ちゃんだって大きくなって恋人ができたら、きっとする」

どうしてか風太はうれしそうに笑《わら》った。ぼくは風太の顔をじろじろ見た。ぼくは心配になってきた。

「風太。キッスは食べ物とちがうねんで」

風太はうんといった。やれやれ。

公園をさがしたけどミータンはいなかった。ぼくはよかったと思った。

アベックの公園もつかれる。

良子ちゃんに牛《ぎゅう》どんをおごってもらった。夕ごはんのつもりらしい。

牛どんは注文したらすぐ出てきた。三十秒もかからへん。

風太はもちろん、欽《きん》どんもカツドンもおいしいなおいしいなというて食べていたけど、ぼくは半分残した。あまいし、油でギトギトやし、ちょっと気分が悪かったんや。

とうちゃんが砂《さ》糖《とう》と動物の油は体に悪いといっていたから、残してもしかられへんやろと思った。

風太がほしそうにじろじろ見てたけど、ぼくはしらん顔をしてやった。

ぼくの友情《ゆうじょう》や。

それにしてもおかしいなあ。ぼくと欽どんらはなぜ食べ物の好《この》みがちがうようになったんやろ。

島に住むようになって、ぼくは野菜《やさい》を多く食べるようになったからやろか。ぼくはお肉《にく》も好《す》きなんやけど……。

ねえちゃんと良子ちゃんがなにかいいあっている。

「良子ちゃん。あんなことして失礼とちがう」

「うーん」

「ちょっと行き過《す》ぎやと思うワ」

「だけど気づかれるほどじろじろ見たわけやないし……」

ぼくらがアベックのいる公園にはいっていって、ミータンをさがしたことをいっているらしい。ぼくはねえちゃんの肩《かた》を持つ。

キッスをしているアベックを見るのは、ぼくははずかしい。

ミータンが公園にいなくてよかったとぼくは思った。

3　さびしいごちそう

良子《りょうこ》ちゃんは少し反省《はんせい》したようやった。

ディスコにミータンをさがしに行くのに、小学生をつれて行くのはあんまりようないなアといって、ぼくらは駅で待たされることになった。

「せっかくきたのにおもろないやんか」

欽《きん》どんが抗議《こうぎ》した。

「ぼくら用心棒《ようじんぼう》なんやろ」

カツドンも不満《ふまん》そうだった。

「ワルモンが出たらどうするのん」

風太《ふうた》が、とぼんといった。

「ええやん、ええやん。ここで待ってようよ」

ぼくだけそういった。

用心棒が必要になったらもどってくるワ、といって二人は行ってしまった。

「ちぇ」

と欽どんはいった。

「なんや、しょうもない」

カツドンはふくれた。

せっかくきたのにおもろないと欽どんはいったけど、おもろいことは別のところからじきやってきた。

ぼくははじめそれを見て、酔《よ》っぱらいがおまわりさんとけんかしているのかと思った。

野次馬根性《やじうまこんじよう》を出して、ぼくらはそこへ近づいて行った。

「わたしは日本国民じゃ」

乞食《こじき》のようなかっこうをしたオッサンがいばっている。

「日本国民がステエションへはいったらなぜいかん」

「いかんといってるわけじゃないが、つまり……その……」

「つまり、その、なんじゃ」

困《こま》っているのは二人の若《わか》いおまわりさんだった。

「わたしはゼイキンも払うとる」

オッサンはまたいばった。

「オッサン。嘘《うそ》ついたらいかん」

おまわりさんのうちの一人がいった。

「そういうふうにいつも人を疑《うたが》っていると人相《にんそう》が悪うなる。おまえ恋人《こいびと》ないやろ」

オッサンは若いおまわりさんを子どもあつかいにした。

「わたしはセイショウネンケンゼンイクセイのため、ここでいささかなりともお役に立っておる。何回いったらわかるんじゃ」

「そんなことは警察《けいさつ》にまかせなさい。だいいち、駅の構内《こうない》で演説《えんぜつ》をするのは禁《きん》じられているんや。何回いってもわからんのはあんたの方やないか」

「わたしの演説で家出娘《いえでむすめ》がホンゼンと覚《さと》り、涙《なみだ》を流して家へ帰っていった」

「嘘つけ」

おまわりさんはうんざりした顔つきで、それでもそれを小さな声でいった。オッサンはおまわりさんを無視《むし》していった。

「わたしはこれまで何人の家出娘、非行《ひこう》少年を救《すく》ったことか。警察はわたしを表彰《ひょうしょう》しなさい。金一封《きんいっぷう》はいらんから……」

だれが金一封出すかと、おまわりさんはあきれた顔をしていった。

「あのね、あなた。ここはこの街《まち》の玄関口《げんかんぐち》なんですよ。あなたも日本国民の一人だということは認《みと》めますけれどね……つまりやね……この街にやってくるお客さまに失礼でないていどの服装《ふくそう》をしてもらわんとやね……」

おまわりさんは汗《あせ》をぬぐった。

国民に愛《あい》されるおまわりさんになろうとしてだいぶ苦労している。

オッサンは冷たいことをいった。

「警察は服装で人間を区別するとこういうわけやな。よろし。このつぎから演説にそのこともちょこっと入れておこう」

「まってくださいよ。勝手にそんなこと決めんなよ。いや……あの……つまり。われわれは世間のふつうの常識《じょうしき》でものをいうとるンですよ。あなたのひげ見たって、それ、常識はずれとるでしょうが……」

ぼうぼうとのびているオッサンのひげを見ておまわりさんはいった。

「ひげをはやしとる者は、ほら、そこにも、あっちにもおる」

「あれは手入れをしているひげでしょう。あなたのひげとわけが違《ちが》うでしょう」

「手入れしてもしなくても、ひげはひげという」

口では負けると思ったのか若いふたりのおまわりさんは、オッサンをはさみつけるようにして駅の外へ連れ出そうとした。暴《あば》れるか、またなにかいい返すかと思って見ていたら、オッサンは、

「ウエノォハツノ　ヤコォウレェッシャ　オリタァトキカラァー……」

と、機嫌《きげん》よさそうに流行歌をうたい出した。

「おもろいオッサンやナ」

と欽どんはいった。

「どこか、おハルさんに似《に》てるなァ」

と、ぼくはいった。

「パンツ屋のおっちゃんにも似てる」

とカツドンがいった。

そやなァとぼくは思った。

オッサンは駅の外でシャクホウされた。

「お役目ご苦労」

とオッサンは二人に敬礼《けいれい》をした。

「ものごとは引けぎわが大切」

オッサンは大声でいった。

おまわりさんは苦笑《にがわら》いしている。

おまわりさんが行ってしまってから、オッサンはぼくらに声をかけてきた。

「夜、子ども四人でなにしとる」

「ねえちゃんを待ってる」

ぼくがこたえた。

「そやろな、家出をしてきた子ォの顔やない。よしよし」

とオッサンはいった。

「ねえちゃんを待っているあいだ、オッサンとこに遊びにきやへんか。オッサンは子どもが好《す》きや。それにきょうはごちそうがあるぞ」

おもろいオッサンやけどどこかへんや。今、会ったばかりやのに遊びにこいとかごちそうを食べようとかいってる。

風太が行くといわへんかと思ってぼくはひやひやした。

風太はもじもじしている。

「ねえちゃんが帰ってきたときに困《こま》るから」

ぼくはきっぱりいった。

「そらそうやナ」

そういったオッサンの顔は少しさびしそうだった。

「オッチャン一人か」

欽どんがたずねた。

「そや。一人や」

ぼくはどうしてか、また、おハルさんのことを思った。おハルさんも一人だけど、おハルさんのさびしそうな顔なんてただの一度も見たことがない。

どうしてやろ。

「ところでこういうのん、どやろ」

オッサンは未練そうにいった。

「ここへ、ごちそう持ってくるよって、駅の前の芝生《しばふ》でみんなして食べへんか、な」

「………」

ぼくらは顔を見あわせた。

悪い人ではなさそうやけど、なにか気味が悪い。だいいち知らない人やし。

「オッチャン一人で食べえ。さびしかったらぼくら見といたる」

欽どんがいった。欽どんはぼくの心がわかっている。

「ごちそうはみんなして食べる方がうまいンやけどなァ」

そういいながらオッサンは、ふらふら歩いてどこかへ行ってしまった。

「あのオッチャンまたくるやろか」

カツドンがいった。

欽どんもぼくも首をかしげた。

「タカぼう。あの人乞食《こじき》やろか」

欽どんがたずねた。

「さァ？」

とぼくはいった。

「乞食でも、乞食いうたら失礼やで」

とカツドンはいった。

オッサンがいなくなって、ほっとしたようなさびしいようなへんな気持ちや。

子どもが四人で駅のベンチにすわっていると、どうしてかしょんぼりする。

「乞食はさびしいンかなァ」

欽どんはぽつんといった。

ぼくの家は、ま、いうたら山の中にあってさびしいとこやけど、今まで一回もさびしいと思ったことはない。

村の人はよく、こんなさびしいとこにきて、というけれど、さびしそうにしている村の人なんて見たことない。

ここは人も自動車もネオンもいっぱいあるのに、なんかさびしい。

どうしてやろ。

街《まち》の真ん中にいると、どうしてやろと思うことがいっぱいある。

「ねえちゃんらなにしとんや」

ぼくはだんだん腹《はら》が立ってきた。

欽どんが立ってカンフーのまねをはじめた。

おまわりさんに見られたら、ぼくらきっとなにか聞かれるやろな。

「あっ」

風太が大声をあげた。

オッサンがゆらゆらやってくる。

オッサンは手になにかさげていた。約束のごちそうなんやろか。

オッサンはぼくらに手まねきした。

また、ぼくらは顔を見あわせる。

「そんなもん、どうせ、ねえちゃんらが帰ってくるまでひまやし……」

ぼくはやけくそみたいな感じでいった。

そういったら、――みんなも、わあと、やけくその感じでオッサンの方に走った。

へんなオッサンやけど、うれしそうなオッサンの顔を見ると、ぬくい気持ちになるもんね。

オッサンは駅前の芝生《しばふ》の中へ、のこのこ入っていった。

「また、おまわりさんにおこられるで」

欽どんがいったけど、オッサンは、

「つぎの見回りまで、まだ四十分もある」

と平気やった。

オッサンはあぐらをかいてすわった。きたない風呂敷包《ふろしきづつ》みをほどきはじめた。

風太がのぞきこむので、ぼくは風太のシャツをぐいと引いた。

オッサンは風呂敷包みから、二つのタッパーをとり出し、そして、そのふたをとった。

みんなこわごわのぞきこむ。

「これなに」

風太が巻《ま》き貝《がい》のようなものを指さした。

オッサンはちょっといばっていった。

「エスカルゴ」

「エスカルゴいうてなに？」

と風太。

「カタツムリ」

「カタツムリ食べられるのん？」

風太はきょとんとしている。

「フランス料理で食べられるカタツムリがあるの」

ぼくは風太に教えてやった。食べたことはないけれど、とうちゃんに聞いて知っている。

「これなに」

風太はまたべつのを指さした。

「フォアグラのテリーヌ」

オッサンは前よりももっといばっていった。

「タカぼう。フォアグラのテリーヌいうてなに？」

「知らん」

そんなもん知らん。

「これなに」

つぎつぎ風太が聞くのでオッサンはじゃまくさくなったようや。自分から説明をはじめた。

「これはスモークサーモン。これはローストビーフ。こっちにあるのはスズキのムニエル。そのよこのはカキのグラタン、鳩《はと》の赤ワイン煮《に》もあるぞ」

「鳩食べるのん？」

また風太が聞いた。

欽どんがぽかんと口をあけてオッサンを見ている。

カツドンは気の抜《ぬ》けたような顔をして、ぼんやりしてしまっている。

「……これは鴨《かも》のオレンジソース、こっちのは伊勢海老《いせえび》のボルドー風《ふう》やな……」

「タカぼう、帰ろう」

欽どんは泣《な》きそうな声でいった。

カツドンがふらふらっと立った。

「食え、食え。ごちそうやぞ」

とオッサンはいった。

「どこで買《こ》うてきたん？」

風太だけ、けろりとしている。

「デパートの高級食料品の売り場やな」

やっぱりオッサンはいばっていった。

ちょうどそのときやった。

「こらっ。また、そこへ入っとる！」

鋭《するど》い声がした。

「こらあかん」

オッサンはそういうなり、すごいスピードで目の前のものをかたづけると、スタコラにげ出した。

さっきの若《わか》いおまわりさんが二人と、少し年とったおまわりさん一人、姿《すがた》をあらわした。

「先に説明しておかなくて悪かったが、あれはタメヤマゼンゴロウ通称《つうしょう》タメゼンというて、ちょっとした名物男《めいぶつおとこ》や。夕方の七時か八時ごろになるとこの駅にきて、日本の政治がどうの教育がどうのちゅうて演説《えんぜつ》しよる」

年とったおまわりさんは、若い新米《しんまい》のおまわりさんにそういって説明した。

おまわりさんはぼくらを見た。

「君ら、こんな時間になにしてる」

おまわりさんにものをいわれるのははじめてなので、ぼくは胸《むね》がどきんとした。

「ねえちゃんの用事がすむのを駅で待っていました」

ぼくはしっかりこたえた。

おまわりさんは、ぼくらの顔をじろじろ見た。

「ははーん」

と年とった方のおまわりさんがいった。

「ぼうやたち、タメゼンに、いや、あのルンペンになにかごちそうしてもろたか」

風太が首をふった。

「なにか持ってこなかったか」

「見ただけ」

とカツドンがこたえた。

「そらよかった。あれはホテルの残飯《ざんぱん》や。食べんでよかった」

と年とったおまわりさんはいった。

ミータンを見つけて、ねえちゃんらが駅までもどってきたのは九時二十分やった。

「タカぼう、欽也ちゃん、勝ちゃん、風ぼう、感謝《かんしゃ》。このとおり」

ミータンは手を合わすまねをした。

ぼくは複雑な気持ちやった。

きょう一日で、ぼくの頭ごちゃごちゃになってしもた。

4　魚がぼくの顔見て笑《わら》った

「子どもの朝帰りやなんて……」

きのうの夜が遅かったので、良子《りようこ》ちゃんの家に一泊《いっぱく》して朝家へ帰ってくると、かあちゃんはあきれたようにいった。

「ふーん」

ぼくは気のない返事をしてひょろひょろと自分の部屋《へや》に入った。荷物《にもつ》をおいて、またひょろひょろと出てきた。

ゴンがよろこんで、ぼくにまといついたがぼくは知らん顔。

「どうしたの？　この子」

かあちゃんがへんな顔をしてぼくを見た。それからとうちゃんと顔を見あわせた。とうちゃんも、いったいどうしたんやという顔をしている。

「タカぼう。きのうなにかあったの」

かあちゃんの声がちょっと高くなった。とうちゃんが目で、かあちゃんをおさえたみたい。

「タカユキ。ニワトリのえさ、まだやで」

とうちゃんは、わざとのんびりした調子でいった。

「ふーん」

ぼくはまた、ひょろひょろ歩いてニワトリ小屋へいった。

ゴンまでおかしいなという顔をして、ぼくの顔を見ながらついてくる。

ニワトリはいつも元気や。

ぼくはえさをやりながら、

「あんたら、いっつもコーフク。ぼく、ときどきフコー」

というてやった。

ゴンがやきもちをやいたみたいに、

「ワン」

とほえた。

「あんたもコーフク。ぼく、フコー。ニンゲンハカンガエルアシデアル」

「ワン」

ゴンがほえた。

「なんのこっちゃわからんやろ。ぼくもなんのこっちゃわからんの。ぼくは今、悩んでいるのである」

おしまいの方は、きのうの演説《えんぜつ》のオッサンの口まねをしてやった。

ゴンはきょとんとしている。ぼくはよくゴンをきょとんとさせるな。

ニワトリにえさをやっていると、とうちゃんがやってきた。

「きょうは日曜日やな。タカユキ、魚釣《つ》りに行かへんか」

とうちゃんはなにか考えてる。

「うーん」

「気がすすまへんのか」

「いくワ」

とぼくはこたえた。

こんなときは魚釣りもいいな。とうちゃんは無理にぼくになにかを聞くという感じでもないし。

とうちゃんと魚釣りに行くというと、かあちゃんはほっとしたような顔をした。

「なんならタカぼう、急いでお弁当《べんとう》を作ったげよか」

それはいいと、とうちゃんがいって、かあちゃんはあわてておにぎりをにぎりだした。

「海へ行くのんか池へ行くのんか、とうちゃん」

「きょうはのんびりいくか。池でコイでもねらうか」

「ほなマッシュ（ジャガイモから作ったフナやコイのえさ）ねるワ」

ぼくと、とうちゃんは魚釣りの準備《じゅんび》をした。

かあちゃんに弁当と麦茶《むぎちゃ》、とうちゃん用のよく冷えたカンビールをもらって、ぼくらは出発した。

まだ、あちこちで稲《いね》刈《か》りをしている。

「みんな働いているのに、のんびり魚釣りをするちゅうのも気がひけるな」

とうちゃんは申し訳なさそうにいった。

「日曜日の方が田んぼはにぎやかやナ。とうちゃん」

「そやなア。このごろはお勤《つと》めをしながら、おひゃくしょうをする日曜農家がおおかたになってしもたからね」

「なんでや。とうちゃん」

「理由はいろいろあるけれど、おひゃくしょうだけでは食べていけなくなったことが大きな理由やろね。タカユキの学校の運動場の十倍くらいの広さの田に米を作って、収入《しゅうにゅう》は百万円くらいかな。月にすると八万円少しやな。このあたりは米の後、タマネギを作るからもちろんそれだけではないけれど、いずれにしてもおひゃくしょうだけの収入では、やっていけない。月づきの農機具《のうきぐ》の支払《しはら》いもあるし、肥料《ひりょう》や農薬の代金も払わなくてはならない。たいへんなんや」

ぼくはそのとき、また、演説のオッサンが持ってきたフランス料理の残飯《ざんぱん》を思った。こうしていっしょうけんめい働いてお米を作っているのに、食べる人に残されたらいやろなと思った。

どこかで牛がのんきに鳴いた。

田の風景《ふうけい》が背《せ》の方になった。のぼり坂になって山がせまってきた。道もせまくなった。

「春にはこのあたり一面にワラビがはえるって、竹三《たけぞう》さんがいってたね」

「みんなでワラビ摘《つ》みにくるといいね、とうちゃん」

ぼくは楽しかったヤマイモ掘《ほ》りを思い出しながらいった。

しばらくいくと、お不動《ふどう》さんのほこらがあってその前を細い川が流れていた。

「この川の水源《すいげん》の池や」

と、とうちゃんがいった。

ぼくの額《ひたい》にぷつぷつと汗《あせ》が吹《ふ》き出ている。

それから十分ほど歩いて、うんと急な坂をのぼり切ると、そこはびっくりするほど大きな池だった。

こわいほど青く澄《す》んでいる。

ときどき小鳥の鳴き声が聞こえるほか、もの音一つしない。

ゴンが猟犬《りょうけん》みたいに耳をぴんと立てて、あたりの気配《けはい》をうかがっていた。

「なんかこわいみたいなとこやね、とうちゃん」

「うん。ここに大きなコイがおるそうや」

「主《ぬし》か」

「主が釣れるといいけどね」

ぼくらはそんなことをいいながら竿《さお》を出した。とうちゃんが二本、ぼくが一本。それからとうちゃんはまきえをした。

とうちゃんもぼくも、だまって浮《う》きを見た。

はじめての池で、はじめて竿を出したときの胸《むね》のどきどきはなんかいいね。

だけど浮《う》きは、十分たっても二十分たってもぴくりとも動かなかった。

とうちゃんは何回も、まきえをした。

ゴンは寝そべって、地べたにあごをつけてしまった。

根気《こんき》がないね、ゴンは。

そのつぎに根気がなくなったのはとうちゃんや。

手をのばしてカンビールをとると、ちびちび飲みはじめた。

「とうちゃん。フォアグラのテリーヌいうてなんや」

「うん？」

とうちゃんはきょとんとした。

「フランス料理か」

ああと、とうちゃんはいった。

「ガチョウの肝臓《かんぞう》料理やろ。ソビエトでとれるキャビア（チョウザメの卵《たまご》）と並《なら》んで、食べものの中でもっともおいしいといわれているらしいけど、とうちゃんは食べたことない」

「そんなごちそうを食べ残す人って、ものすごいお金持ちか」

「さあ、どうやろ。このごろはパーティーなんかで、ときどき出るかも知れんなァ。どっちにしても、とうちゃんのような貧乏人《びんぼうにん》には関係ない話や」

「とうちゃんはそんなごちそうを食べてみたいと思うか」

「うーん」

と、とうちゃんはうなった。

浮きはまだ、ぴくりとも動かない。

「エスカルゴ、ローストビーフ、伊勢海老《いせえび》のボルドー風《ふう》……ええっと、それから鴨《かも》のオレンジソース、スズキのムニエル、ええと鳩《はと》の赤ワイン煮《に》……ええと……」

「なんや、それ、おまえ」

とうちゃんは目を丸《まる》くした。

「とうちゃんはそんなん食べてみたいと思うか」

「……」

とうちゃんはびっくりしたままの顔やった。

「とうちゃん、牛どん食べたことあるか」

「あん？」

とうちゃんはますますおどろいた。

「おまえ、なんの話しとんや」

「な、頭ごちゃごちゃになるやろ。だれでも頭ごちゃごちゃになるで」

「おまえ、落ちつけ」

と、とうちゃんはいった。

「はじめから筋道《すじみち》立てて話してみィ」

あ、しもたとぼくは思った。

はじめから筋道立てて話したら、きのうのこと、みんなバレてしまう。

そのとき、とうちゃんの浮《う》きがぴくんと動いた。

天の助けや。

「とうちゃん引いた！」

ぼくは大声で叫《さけ》んだ。

とうちゃんはそろりと手を竿《さお》にのばした。

ぴくん、とっとっとと、浮きが動いた。

とうちゃんの手がさっと上がる。ぐいんと竿がしなった。

「やった！　とうちゃん大きいぞ」

「うん、うん」

とうちゃんも興奮《こうふん》している。

竿の先が右に左に逃げる。

「タカユキ、たも、たも」

ぼくはとうちゃんの左手に、たもの柄《え》をにぎらせてやった。

とうちゃんは獲物《えもの》をゆっくり引き寄《よ》せた。

魚がはねた。

銀色《ぎんいろ》に光る。

「大きいぞ」

「うん」

ゴンまで興奮してワンワンほえた。

たもに入った魚は二十五センチもある大物やった。

「コイか、とうちゃん」

「いや。ヘラブナや。そやけど見事なヘラやなァ。形といい色といいふとりぐあいといいこらヘラの王様や」

とうちゃんはうっとりとその魚を見た。

ひょいと横を見ると、ぼくの浮きも動いている。

「きた！　とうちゃん、ぼくのにもきた」

「おう。よしよし、どうやら魚が集まり出したらしいぞ。タカユキ、あわてるな」

ぴこんと浮きが動く。ぼくの体も思わずぴくっと動く。ぐっとしんぼうする。

こんな浮きの動き方はダメ。

さっきのとうちゃんのときのように、グイ、ククククと動かないとダメ。

ぴこん、ぴこんと浮きが動く。

そのたびにぼくの体も、ぴっぴっと動く。

おっちょこちょいの魚がえさをさわっているらしい。

そのうちあたりが止まってしまった。

「えさとられたんかなァ」

ぼくはがっかりしていった。

「いや、タカユキ待て。もうちょっと待ってみィ。大きいやつがくるときは……」

とうちゃんの声が終わらぬうちに、ぼくの浮きがグイと沈《しず》んだ。

「それ」

上げる。

がくんとものすごいショック。竿の先が弓《ゆみ》なりになる。

「とうちゃん！」

ぼくは悲鳴《ひめい》をあげた。

「こら大きいぞ。タカユキ逃《に》がすな。がんばれ！」

とうちゃんはたもを持って待ってくれている。

すごい引きで今にも竿を持っていかれそうになる。

「タカユキ、もっと力を入れろ！　竿をもっと立てろ！　竿をねかしたらバレるぞ」

自分の顔が真っ赤になっているのがよくわかる。

手がぶるぶるふるえる。

グイとすごい力で引かれた。つんのめりそうになる。

手がだるい。しびれてくる。

「とうちゃん……」

ぼくはなさけない声を出した。

「がんばれタカユキ。とうちゃんをあてにするな」

くそっとぼくは必死で力を出した。竿がまた上にあがる。

「よしよし、その調子」

ぼくはこんしんの力をこめて引く。少しこちらに近づいた。

（もう少しや）

心臓《しんぞう》が破裂しそうや。

（くそっ、くそっ）

「よし！」

とうちゃんの声。

急に竿が軽くなる。

「タカユキ見ろ。すごいコイや。三十センチ以上あるぞ。やった、やった！」

ぼくはその場にへたへたとすわりこんでしまった。

肩《かた》で大きく息《いき》をしながら、ぼくはぼくの獲物《えもの》を見た。

とうちゃんのいうとおり、でっかいコイや。

ちゃんとひげがある。

後から、そらないやろと、とうちゃんにいわれたけど、そのとき、そのコイはぼくの顔を見てにこっと笑《わら》ったんや。

ぜったい、ほんまやぞ。

釣《つ》り上げたコイを網《あみ》にはなして少し落ちついた。

えさをつけて、つぎの獲物を待った。

「ところでタカユキ、さっきの話のつづきやけど……」

と、とうちゃんがいった。

ぼくはそのとき、なんだかすごく男らしい気分になっていた。

うじうじするのはやめようと思った。

「とうちゃん」

「うん」

「とうちゃんは男やろ」

「そや男や」

「ぼくも男や」

「………」

「とうちゃん、男の約束《やくそく》するか」

とうちゃんはぼくの目を見て、うんといった。

だあーれも叱《しか》らんこと、秘密は守ること、ぼくはだいぶ自分に都合のいい約束をとうちゃんとかわして、きのうのことをみんな話した。

5　とうさんは親不孝者だった

「うーん。むずかしいことを話してくれたなァ」

とうちゃんはしばらく頭をかかえていた。

とうちゃんの浮《う》きがぴくりと動いたが、とうちゃんは気がつかなかったみたい。

ぼくはだまっていた。

「上野《うえの》良子《りようこ》さんのご両親をだますようなことをしたのは、とうさんはどうしても賛成できんなァ」

ぼくだって別に、賛成してそうしたわけやないといおうと思ったけど、そういうのはひきょうな気がしてやめた。

「おまえより、かな子の方に問題がある」

と、とうちゃんはいった。

でも良子ちゃんとねえちゃんはどこかちがうよ……そういおうと思ったけど、それもうまくいえそうもないのでやめにした。

人間のことを説明するのはややこしいな。

浮きがぴくぴくぴくと動いた。

とうちゃんがさっと竿《さお》をあげた。こんどは小さなフナがかかってきた。

とうちゃんは、

「そら、帰れよ」

といってその魚を逃《に》がしてやった。

新しいえさをつけて、そいつをぽーんと水面に投げながら、とうちゃんはいった。

「とうさんはいっぺん家に帰ってくる。かな子が上野良子さんの家にお世話になるとき、電話で良子さんのご両親にお願いはしていたけれど、家に帰ってこられたのなら、ごあいさつにうかがわんといかん。帰ってかあさんと相談してくる」

ぼくはとうちゃんの顔を見た。

自分のしたことが、もっと別の大きな出来事につながりそうでこわくなってきた。

「ぼくも帰る」

ぼくは小さな声でいった。

「とうさんはじき帰ってくる」

とうちゃんはそういうなり、ぼくのことなどまるで気にしていないふりで、とっとと行ってしまった。

ぼくはべそをかいた。

とうちゃんは、ぼくのことをおこっているのにちがいないのや。

こんな山の池に子どもを一人おいておくなんて、ほんとうはこれはおしおきなんや。

浮きがぴこんぴこんと動いたけれど、ぼくは竿に手を出す気なんて少しもなかった。

ひざこぞうを抱《かか》えてぼくは、青い池をいつまでもにらんでいた。

とうちゃんが帰ってきたのはそれから一時間半もたってからだった。

とうちゃんは竿を立て、新しくえさをつけ池に投げた。そして、だまって浮きをながめた。ぼくもだまっていた。

しばらくして、とうちゃんはいった。

「タカユキ。とうさん、ルンペンになりたいと思ったことあるんやぞ」

ぼくはびっくりして、とうちゃんの顔を見た。

「タカユキの話をきいて、とうさんが最初に思ったことは、人間は一人で暮《く》らしているわけじゃないんだから、一人の人間がなにげなくやったことでも、それがたくさんの人に迷惑をかけるのはよくないということを、タカユキに教えておこうと思ったんだけど、とうさんにそんなことをいう資格《しかく》があるんかなァと、ふと思ったらなにかさびしくなってしもうたな」

「……………」

「とうさんは小さいときから絵かきになりたくて、その夢《ゆめ》をかなえるために努力《どりょく》してきたつもりやけど、そのためにたくさんの人に迷惑をかけてきた。今ならそう思えるのに、そのときは自分の思うとおりにならないと自分は不幸《ふこう》やと、じき、ひねくれて勝手なことばかりしてきた。家出をしたり……」

「とうちゃんも家出したことあるんか」

「うん。かな子が今、同じことをしているね。かな子の家出の方がだいぶ立派だけど……」

とうちゃんはさびしそうに笑《わら》った。

「ルンペンになったら、だれになにもいわれなくて自分の好《す》きなことができると、実際、それに近い生活を送ったこともある」

「とうちゃんはルンペンの先輩《せんぱい》か」

「ルンペンの先輩か……」

とうちゃんは苦笑《にがわら》いした。

「とうさんの家は貧乏人《びんぼうにん》の子だくさんの家庭だったから、ほんとうはみんなで力を合わせて、みんなしあわせになるようにしていかねばならないのに、とうさんだけが勝手なことをしてた……」

「若《わか》いときはみんな勝手なことをする？」

ぼくはミータンのことを思って、とうちゃんにそうたずねた。

「みんなかどうかは知らないが、若いときには、いいこともたくさんするだろうけれど、人に迷惑をかけることも、たくさんやるものなんだろうね」

ぼくはちょっと素直《すなお》な気持ちになってきた。

「きのう、ぼくのしたことはどっち？　どっちの方が多い？」

「それはおまえ自身が考えなさい」

と、とうちゃんはいった。

「うん」

ぼくはぼくの竿《さお》を上げ、新しいえさをつけた。

「かあさんに上野良子さんの家にごあいさつに行ってもらった」

「かあちゃん一人で？」

「うん。二人そろって行って、おおげさになってもいかんから」

と、とうちゃんはいった。

「そのかわり夕飯《ゆうはん》は、タカユキととうさんと二人で準備《じゅんび》しよう」

ぼくはうなずいた。

「自給自足《じきゅうじそく》の夕ごはんを作ろうや」

とうちゃんは楽しそうにいった。

「そうと決まれば性根《しょうね》入れて魚を釣《つ》らんといかん」

とうちゃんは真剣《しんけん》になった。

日がかたむきかけるころまでに、コイ二ひき、フナ二十三びきが釣れた。

「とうちゃん、大漁《たいりょう》やなァ」

「大漁大漁」

とうちゃんは上機嫌やった。

フナは大きいのを三びき残して、後は池に帰してやった。

「タカユキ。お不動《ふどう》さんのほこらのそばの小川に、シジミ貝がいるって竹三《たけぞう》さんがいってたからとりに行かんか」

「シジミは海と川のまじわったところにいるもんやろ」

「そう。とうさんもへんやなァと思うンだけど……」

ともかく行ってみようということになって、ぼくらは後かたづけをした。

とうちゃんもぼくも口笛《くちぶえ》をふいて山を下りていった。

お不動さんのそばの小川にきて、ぼくははだしになった。

「きれいな水やな。昔《むかし》の日本の川はみんなこの川のように美しかったのに……」

そういって、とうさんは「父《とう》さんの子守唄《こもりうた》」という歌を口ずさんだ。

ぼくの大好《だいす》きな歌や。ぼくも大声でうたった。

「生きてェーいる鳥たァーちが
生きて飛びまわァーる空を
あなァたに残しておいて
やれェるゥだろオーオか　父さんは……」

（作詞・作曲　笠木透）

「おまえ、音痴《おんち》やなァ」

と、とうちゃんはいった。

「とうちゃんの子やもん、しゃーないやんか」

ぼくはやり返してやった。

「そう、いえる」

とうちゃんはいった。

川底をはだしで歩いた。水が冷たくて気持ちいい。

「とうちゃん。貝がらがいっぱい落ちてる」

「どれどれ」

とうちゃんもはだしになって川へ入ってきた。砂《すな》といっしょにそれを手ですくって、しげしげながめた。直径《ちょっけい》一センチほどの白い小さな二枚貝《まいがい》の貝がらだった。

「タカユキ、そのあたり掘《ほ》ってみろ」

とうちゃんにいわれたとおり、そこを掘った。なにかこつんと手の先に当った。そのへんの砂をごそっと手のひらですくって上げた。

「とうちゃん、いた！　これ、シジミか」

小さいけれど丸《まる》まると太った白い貝がいくつもいくつも見えた。

「ほおう。白いシジミっているんやなァ」

とうちゃんは感心したようにいった。

それから、ふたりともシジミ採《と》りに夢中《むちゅう》になった。

十分ばかりで一リットルほど採れた。

「酒の後のシジミ汁《じる》か。こりゃごちそうやなァ」

とうちゃんはますます上機嫌やった。

「タカユキ。こうなりゃもう一つ欲《よく》を出して、タニシを採りに行かへんか。ここから三十分ほど山の方へ歩かんといかんけど……」

そういえばひと月ほど前、とうちゃんはタニシをたくさん持って帰ってきたことがある。酢《す》みそあえで食べたけど、すごくおいしかった。

「行く」

ぼくはすぐいい返事。風太《ふうた》ならもっといい返事をしたやろな。

また汗《あせ》を流して山をのぼった。

「自給自足《じきゅうじそく》のごちそうもたいへんやな」

とうちゃんはぶつくさいった。

タニシのいる池は小さな池だった。

青い藻《も》におおわれた木が水の中に横たわっていた。その木に点てんと黒いものが見える。

「あれ、タニシか。とうちゃん」

「そや。けど、そんなところのタニシを採らなくても、水ぎわにいくらでもいる」

とうちゃんがそういうので池のまわりを注意深く見ると、水ぎわから一メートルぐらいのところに、けっこうたくさんのタニシがいる。

「とうさんが手を持ってやるから、体をのばしてつかまえてみるか」

そのとおりにやってみると、タニシは足があって逃《に》げるわけやないので、石ころでもひろうようにすぐ採れた。

「このごろはどこでも農薬《のうやく》を使うので、タニシやドジョウがいるのは、こんな山ン中の池だけになってしもた。とうさんの子どものときは、田んぼにタニシやドジョウがたくさんいたんやけどな。タニシもドジョウも今は貴重品《きちょうひん》や」

ぼくはその貴重品を五十ほど採った。

「欲やなァ。そんなに食べられへん。半分池へもどしときなさい」

「ほな、あんたら帰りィ」

といってぼくはいわれたとおり半分、タニシを池へもどしてやった。

ぼくはきょうの獲物《えもの》をのぞきこんでいった。

「とうちゃん。コイやろ、フナやろ、シジミやろ、タニシやろ。こんなに採れてきょうは、なんかぼくらお金持ちになったような気分やなあ」

「お金持ちというのはへんやけど、その気持ちはわかるな、とうさんにも」

ほんま、ええ気持ち。

ぼくらは、また、

「生きてェーいる鳥たアーちが」

とうたいながら帰りの道についた。

「こういうふうに両側《りょうがわ》の身をとって、骨《ほね》からはずすことを三枚《まい》おろしというんや。川や池の魚はくさみがあるから、うろこのまま三枚おろしにして、うろこのついた皮を、こうしてきれいにはがす」

とうちゃんは説明しながらコイを料理している。

生きているコイを殺すのを見るのは、ぼくはいやなので、ちょっとオシッコいってくるワとごまかして、べんじょで時間をつぶしてきた。帰ってくるとコイの首がころがっている。

コイは首を切られているのに、口をパクパクあけていた。

(知らんぞ。とうちゃん、うらまれるぞ)

と思ったけど、ぼくはだまっていた。

「タカユキ。冷蔵庫《れいぞうこ》から氷をとってきてくれ」

ぼくが氷をとってくると、とうちゃんはそれで氷水を作り、そこへ薄《うす》く切ったコイの身を入れた。

「こうして冷やすと、コイの身がちぢんで味がようなる」

「ふーん」

ぼくは感心した。

「とうちゃん、そんな料理どこでおぼえたんや」

「とうちゃんのルンペン時代や」

「ルンペンのときも自給自足《じきゅうじそく》か」

「ルンペンは自給自足はできんわい」

ぼくは演説《えんぜつ》のオッサンのことを思った。演説のオッサンはごちそうを食べてたけど、しあわせなんかな。

コイ、フナをおさしみにしてしまうと、とうちゃんはタニシをゆでた。

（熱いやろな。とうちゃん、また、うらまれるぞ）

「タカユキ。畑にいってワケギを抜《ぬ》いてきてくれ」

「あいあい」

ぼくはいい返事をした。魚を殺すのはいやで、野菜を畑からひっこぬいてくるのは気が楽なのはどういうわけやろ。とうちゃんがいうように、みんな、いのちやのにな。

とうちゃんとふたりで、ワケギとタニシとワカメのぬた（酢《す》みそであえた料理）を作った。白みそに酢と砂糖《さとう》とからしをまぜるとき、とうちゃんは、

「砂糖は少しにしろよ。体に悪い。からしは多めにな」

といった。

「あいあい」

ぼくはいい返事をして、とうちゃんのいったこととの反対をしてやった。

ぼくもだいぶ悪い。

ダイコンとニンジンでなますを作った。酢につけているフナの身をいちばん最後、食べ

るときに入れることにした。

「ええっと、これでシジミ汁《じる》ととろろ汁を作ったらええとして……」

とうちゃんはちょっと考えた。

「青いもんが足らんな。コマツナがおいしそうやからコマツナの煮《に》びたしを作ろか」

ぼくはまた畑にコマツナをとりにいった。便利やな。だいいちタダやしな。おまけに栄《えい》養満点《ようまんてん》。

とうちゃんに教えてもろたことやけど、八百屋《やおや》さんやスーパーに売っている野菜は、作り方や輸送《ゆそう》で時間がたつことなどから、ビタミンなんかがうんと少ないのやそうや。

「煮びたしにはゴマをたっぷりかけて……」

とうちゃんは「きょうの料理」に出てくるオッサンみたいなことをいっている。

「シジミ汁はかあさんが帰ってきてから作るとして、手間《てま》のかかるとろろ汁作りといくか」

とうちゃんがおだしをとっているあいだ、ぼくはヤマイモをおろしがねでおろした。ヤマイモはおハルさんと山へとりにいったときのやつを貯蔵《ちょぞう》していた。

「とうちゃん。手がだるい。コータイ」

「とうちゃんも子どものとき、ようやらされた。とろろ汁を作るっていうと逃げまわりよったな」

親不孝者《おやふこうもの》のとうちゃんはいった。

すりおろしたヤマイモをすり鉢《ばち》に入れた。冷《ひ》やしただし汁を少しずつ入れながら、すりこぎですった。

「一休《いっきゅう》さんやな、とうちゃん」

「むかしはみんな一休さんやった。子どももしっかり手伝《てつど》うた」

やがて、とろりんとろりんとしたおいしそうなとろろ汁ができ上がった。

ごちそうをみんな並《なら》べた。

「すごいな、とうちゃん。みんな自給自足《じきゅうじそく》やもんな」

「うーん」

とうちゃんも感激《かんげき》しているみたいやった。

「たった四カ月ほどの島の生活で、自給自足のごちそうを作ることができた。えらいもんや」

「かあちゃん、はよ帰ってきたらええのにな。きっとびっくりするぞ」

「タカユキ」

とうちゃんがちょっとあらたまった感じでいった。

「うん？」

「おまえ、きのうの夜、街《まち》で演説《えんぜつ》のオッサンとやらにフランス料理の残飯《ざんぱん》を食べろといわれて、へんな気になって頭がごちゃごちゃになってしもたというたね」

「うん」

「おまえも欽也《きんや》くんたちもへんな気になった。それはとても大切なことや。いつもいうことやけど食べ物はみんないのちや。そしてそれは人間の労働《ろうどう》と知恵《ちえ》が加わって、ごちそうになる。都会のごちそうはその人間の労働も知恵も、みんなお金で買ってしまう。そして高価《こうか》なものを平気で食べ残す。いったん捨《す》てたものを食べる人も都会にはいる。どれも不自然なことや。つまりへんなことや。へんなことをへんやと思うたおまえたちは正しいと、とうちゃんは思うた。とうちゃんがおまえと自給自足《じきゆうじそく》のごちそうを作ったのは、タカユキにそのことをよおく考えてほしいと思ったからや」

「うん」

とうちゃんはなにか考えてると思っていたけど、ぼくの話したことをそんなふうに考えてくれていたんか。

「うん」ぼくは二度返事した。

「とうちゃん」

「ん」

「あのフランス料理を持ってきた演説のオッサンはさびしい人か」

「さあ、どうやろ。だけどタカユキ。人がさびしそうに見えても、だからといってその人をさびしい人だと決めつけてはいかん」

「うん」

ぼくはねえちゃんのことを思った。ねえちゃんあほやな。きょうぼく、ひとつトクした。

ねえちゃんにわけてやりたいのに――

6　新しい仲間

「かな子をこのままにしておいていいんでしょうか」

かあちゃんがいった。

「うーん」

とうちゃんも深刻な顔をした。

「あの子が家を出て、もう半月になりますよ。良子《りょうこ》ちゃんの家で若《わか》い娘《むすめ》三人、気ままに暮《く》らすのはいいことでしょうか。良子ちゃんのご両親もずいぶん心配なさっていましたよ」

「そうだろうね」

「そうだろうねって、そんなひとごとみたいにいわないでください」

とうちゃんは苦笑《にがわら》いした。

「ひとごとだと思ってやしないよ。ただね、親の権威《けんい》をふりかざしてなにかをしたくないんだ」

「とうさんのそんな気持ちもわからないわけじゃありませんけど、ときには、き然《ぜん》とすることも必要でしょう。あんまりものわかりが良すぎるのも考えものだわ。わたしはなんだか、あなたがのん気にかまえているように見えていらいらする」

「そう正直に感想《かんそう》をのべてくれるのはありがたいというしかないが、おまえのそんな気持ちの中には、かな子を信頼《しんらい》してあの子が自《みずか》ら変わるのを待ってやろうとする愛情《あいじょう》がないということになるんだよ」

「自分の子を愛してない親なんていませんよ」

「とうちゃんもかあちゃんもけんかすな」

ぼくは大声でいった。

とうちゃんとかあちゃんが、「おまえ」「あなた」なんていい出すときはあぶないときなんや。

とうちゃんはぼくの顔を見て、だまって口に指を当てた。

とうちゃんはかあちゃんにいった。

「ただね、ぼくはかな子のことで一つ反省していることがある。あの子はここでのわたしたちの生活を、あの子なりになっとくするために一人になるといって家を出たのだろう。今、かな子がその目的に向かって、なにを考えどんな生活をしているのか、ぼくたちが知らないというのは、いや積極的《せっきょくてき》に知ろうとする手立てをとっていなかったというのは、確《たし》かに怠慢《たいまん》だったよ。あの子の変わるのを待つといったって、なにもしないで待つなんてことをいうのは、いいかげんな話だからね」

かあちゃんはちょっとくちびるをかんだ。

かあちゃんは聞こえるか聞こえないくらいの小さな声で、くやしいナといった。

とうちゃんが聞きとがめて、なにが、とたずねた。いいです、とかあちゃんはいった。

「とうさんはいつも先を考えている人なんですね。それがわたしにとって、ときにはくやしく、ときには腹《はら》が立つんです」

「そういわれると、なんともいいようがないね」

とうちゃんはそういって少し笑《わら》った。

「子どものことで苦労するのは、親の勤《つと》めなんでしょうかねえ」

かあちゃんはため息をついていった。

「そう考えない方がいいだろうね。子どもはいつも親の中に他人の部分を見るだろうし、ときには親を他人だと思うときもある。だけどな、かあさん。子どもはそう思いながら、その他人は多くの他人のうち、たったひとりの甘《あま》えられる他人だと心のどこかで思っているんだよ。かあさんもぼくも、今、子どもに甘えられていると思えばいいんだ」

かあちゃんはちょっと考えて、それから、

「そうね」

とうなずいたけれど、ぼくは、

「ぼく、とうちゃんやかあちゃんを他人やと思わへんで」

と大声でいうてやった。

「それはおおきに。タカユキ」

と、とうちゃんはいった。

つぎの日の朝、とうちゃんは、

「これ、かな子に渡《わた》しておいてくれへんか」

といって、一冊《いっさつ》の大学ノートを持ってきた。

「なに、これ」

「とうちゃんとかな子の交換日記や」

とうちゃんは少し恥《は》ずかしそうな顔でいった。

「タカユキ。交換日記って知ってるか」

「知ってるわい」

ぼくは乱暴《らんぼう》にいった。

「ん?」

とうちゃんはそんなぼくにびっくりしたような顔をした。

「ほな、行ってくるぞ」

ぼくは、も一つ乱暴にいって家を出た。

ぼくは、ねえちゃんにやきもちをやいている。

ガマ口のおっちゃんから、お留守ですのおっちゃんの手書きの招待状《しょうたいじょう》をもらった。


みなさん、お元気ですか。(毎日会っているので、だいたい元気なのはわかっておりますが）せんぱんから改築中《かいちくちゅう》でありましたわが愛する園芸店《えんげいてん》は、さる十三日（なぜか金曜日でありまして、あまり、いい日ではありませんが）堂々《どうどう》（なにが堂々なんやろか）オープン（毎日オープンしていますが）のはこびとなりました。

改築記念大売出しといきたいところですが、そんなに売るものはありませんし、種や肥料《ひりょう》を大売出しして、つられて買った人は大迷惑しますので、改築記念行事のいっかんとして（いっかんもなにもこれだけですが）日ごろ、したしくしていただいている老若男女《ろうにゃくなんにょ》のみなさんに、ご参集を願い、一大パーティー（嘘《うそ》や。ほんまは小の方）をもよおすことにいたしました。

おいそがしいところみなさま方万障《ばんしょう》くりあわせて（みなさんはせいぜい一障か二障ぐらいしかないと思いますが）ご出席くださいますようおねがいします。

以上

あ、忘《わす》れとった。

時間―午後七時

場所―わが愛する店の二階《かい》

「ごちゃごちゃと、ややこしい招待状やな。よっぽど店ひまなんやろ」

とガマ口のおっちゃんはいった。

店はひまか知らんけど、いちいち「隆行《たかゆき》どの」「欽也《きんや》どの」「風太《ふうた》どの」と、みんなの名を一枚一枚の招待状にちゃんと書いてくれている。

「や、いややわあ。琴絵《ことえ》どのって書いてるワー。琴絵さまやろ、おっちゃん」

とトコちゃんはいった。

「昔《むかし》は女の人にもどのと書いたんやな」

「ほな、お留守ですのおっちゃんは昔人間か」

「さあ、どうやろ。おっちゃんぐらいの年になると、もう昔人間やけどな」

「ふーん」

とトコちゃんはいった。

お祝事《いわいごと》やおくやみ事をていねいにすると、あの人は昔人間やさかいなあと、とうちゃんはいうことがある。

頑固《がんこ》でゆうずうのきかない人のことを、昔人間ということもある。

「みんな、パーテエーにきたってや」

昔人間のガマ口のおっちゃんは、パーティーのことをパーテエーといった。

ガマ口のおっちゃんのおかあさんは、よぼよぼのおばあさんで、きっさ店のことを、きっちゃ店というし、バスのことをパスというてる。

「こんなふざけたパーテエーの案内状を作ってくばってるけど、ほんとうの気持ちは切実なんや。お留守ですのおっちゃんは」

とガマ口のおっちゃんはいった。

「お留守ですのおっちゃんに中学二年と小学六年の女の子と、一年の男の子がいることはみんな知ってるやろ」

ぼくらはうなずいた。

遊んだことはないけれど、日曜日に店にきているのを、ときどき見かける。

「店と家が別やし、おくさんは死に別れていないし、お留守ですのおっちゃんは子どもの面倒をみてやれないのがいちばんの悩みなんやね。こんど店を改築《かいちく》したのも二階《かい》に居間《いま》を作って、少しでも子どもといっしょにいる時間を多くしようという考えがあってのことや。お留守ですのおっちゃんの子どもがこっちへかわってきたら、みんな仲良《なかよ》くしてやってや。パーテエーはそのきっかけを作るためのもんやろと、おっちゃんは思う」

欽どんが最初にいった。

「うん。ぼく仲良うする」

「ぼくも」

「ぼくも」

カツドンとぼくもいった。

「女の子ォと仲良うするのん」

風太がたずねた。

「そうかァ、女の子かァ」

欽どんははじめて気がついたように、なんだかがっかりした感じでいった。

「一年生の子ォは男の子ォやろ?」

また、風太がたずねた。

「なんや、男の子は一年生かァ」

やっぱり欽どんはがっかりしたようにいった。

「なんやいうてなんや。女の子でも男の子でも、たとえ年がちごうても、仲良うせんとあかんやろが。おまえとおっちゃんは年がなんぼちがう? 五十いくつもちがうやろ。そんでも友だちやろ」

「そやかて、ぼくらにも都合があんねんで」

欽どんはちょっと白い目でいった。

「ま、よろし」

とガマ口のおっちゃんはいった。

「こんなことは口先で約束《やくそく》するもんやない。おっちゃんにはおまえたちの気持ちはようわかっとるから、別に案じていうとるわけやない」

れーめんが、

「うちら、友だちふえてうれしいワ」

といって、みんな、

「うん」

「うん」

「うん」

とうなずいた。

欽どんも、

「そやなァ」

といった。なんやそれやったら、はじめからごちゃごちゃいわなんだらええのに。

「このガキが幹太《かんた》で、こっちのジャリンコが久子《ひさこ》で、こっちは輝世《てるよ》といいまんねん。これからよろしゅうたのんまっさ」

お留守ですのおっちゃんは自分の子どもをガキとかジャリンコやなんていいよった。

「こら。みんなにあいさつせんかい」

お留守ですのおっちゃんがどなった。

中学二年の輝世ちゃんと小学六年の久子ちゃんは、

「よろしくお願いしまーす」

とかわいくいって、ぺこりと頭を下げた。

小さな幹ちゃんはなにもいわなかった。

「こら。おまえ、あいさつでけへんのか」

お留守ですのおっちゃんは、そこにあった週刊誌《しゅうかんし》で、幹ちゃんの頭をどさっとたたいた。

「乱暴《らんぼう》やなァ」

とガマ口のおっちゃんがいった。

幹ちゃんは困ったような変な笑《わら》い顔を作って、小さな声で、

「ぼく、な、幹太」

といった。そして上目づかいでみんなを見た。

ガマ口のおっちゃんがいったとおり、十三日のパーティーは、お留守ですのおっちゃんの子どもの紹介《しょうかい》からはじまった。

ぼくらの新しい友だちや。

とうちゃんもかあちゃんも島から出てきた。

ねえちゃんも良子《りょうこ》ちゃんもミータンもパーティーにまねかれていたから、ねえちゃんが家出をして、とうちゃんと顔をあわせるのははじめてというわけ。

その、ゴタイメーンにぼくはちょっと胸《むね》がどきどきしてたんやけど、二人は顔をあわせると、とうちゃんは、

「おっ」

といい、ねえちゃんはにィと笑ってそんでしまいや。スカみたいや。

ほっとしたけど、なんかおもしろないな。

交換日記で、もう心が通じたんかな。ふたりはすごいけんかをしてたんやからそんなはずないのにな。

「なんもごちそうはないけど、みんな、どんどんやってや。そまつなもんやけど、遠慮はせんといてや」

お留守ですのおっちゃんは大きな声でいった。

「おまえ、ようそんなこというなァ」

とオスのれーめんはいった。

「わしは一日店を休んで、きょうの日のために腕《うで》をふるってごちそうを作ったんやで。《広州《こうしゅう》》の自慢《じまん》料理をどうぞって……」

お留守ですのおっちゃんは、オスのれーめんにみなまでいわせず、

「おおそうやった、そうやった、オーソレミオー」

とふざけた。

みんな笑った。

「ほんまにあかんでぇ」

とオスのれーめんはいった。

こんなにごちそうが並《なら》んでいるのに、お留守ですのおっちゃんがあんなことをいったのは、わざとそういって、みんなを笑わそうとしたんやろ。

みんなにこにこしているもんな。

なんせすごいごちそうや。

焼豚《やきぶた》やピータンやクラゲのはいった前菜《ぜんさい》の真ん中には伊勢海老《いせえび》がでんとすわっている。鯉《こい》の丸煮《まるに》やハルマキもある。前、とうちゃんといっしょに、うまいうまいといって食べた白切鶏《パイセッティ》もあった。

「ぼく、こんなごちそう生まれてはじめてや」

欽《きん》どんは興奮して顔を真っ赤にさせている。

風太《ふうた》はよだれをたらしながら、また、いつものくせを出しはじめた。

「おっちゃん、これなに」

「ホンシャオユイチー」

「なに、ホンチャンチーって」

「ホンチャンチーじゃないの。ホンシャオユイチー」

「ふん。それなに」

「横着《おうちゃく》なやつやな。フカヒレのしょうゆ煮《に》や」

「それおいしい?」

「中華料理《ちゅうかりょうり》の中でも特別上等《とくべつじょうとう》や」

「ふーん」

風太はとろりーんとよだれをたらした。

「きたないな」

とオスのれーめんはいった。

「ほな、みんなでカンパイしよう。用意はいいかいな。コップ持ったか。よしよし。そんじゃはじめよう。お留守ですのおっちゃんの店がますます繁盛《はんじょう》しますように――。輝世ちゃんと久子ちゃんと幹ちゃんが早く、ここの生活になれて、みんなと仲良《なかよ》く暮《く》らすことができますように――。カンパイ！」

ガマ口のおっちゃんが音頭《おんど》をとった。

「カンパイ！」

「カンパイ！」

みんなにこにこ顔やった。

7　幹ちゃんが殺されるう

「センセ。わざわざ島から出向いてくれておおきに。わし、うれしい」

お留守ですのおっちゃんはそういって、とうちゃんにお酒をついだ。

「こっちこそタカユキやかな子がお世話になって、いつも感謝《かんしゃ》しています。ありがと」

とうちゃんも返盃《へんぱい》した。

かあちゃんもお礼をいった。

「センセ。島の生活に少しはなれましたか」

ガマ口のおっちゃんもそばへ寄ってきていった。

「まずは快調《かいちょう》です」

とうちゃんはちょっといばった。

「さあ、どんなもんでしょうか」

かあちゃんはけんそんした。

「ま、ぼちぼちいったらいいねん。なにごとも急いだらいかん。ふむ、ふむ」

とパンツ屋のおっちゃんはいった。

「あんたはぼちぼちばっかりやないの」

とおばちゃんにいわれると、

「狭《せま》いにっぽん、そんなにいそいでどこへ行く。ふむ、ふむ」

といって、ぼくの顔を見てウインクした。

大人の人にかわいいなんていったらいかんけど、パンツ屋のおっちゃんはかわいいな。

ところで先生はもう一人いた。

岸本《きしもと》先生や。

岸本先生は風太《ふうた》が二日もごはんを食べずにふるえていた事件以来、いつか市場の友だちの仲間《なかま》入りをしたみたいなかっこうになっている。

とうちゃんが芸術家《げいじゅつか》の友だちより市場の友だちの方が好《す》きやといってるように、岸本先生も学校の同僚《どうりょう》より市場のみなさんの方が好きやといっている。

「ま、先生いっぱいどうぞ。ようきてくれはりました。わしの子ォは先生に受け持ってもらうわけにはいきまへんけど、タカぼうらをよろしゅうよろしゅうたのんます」

「はいはい」

と岸本先生はお酒を受けた。

とうちゃんとかあちゃんは、先に岸本先生とあいさつをかわしていた。そのとき岸本先生は、

「タカユキ君。本当にようがんばります」

といってくれた。

朝五時三十分に起きて学校に行ってんねんもんな。

みんな、にぎやかにごちそうを食べたりお酒を飲んだりしている。

ぼくはちょっと気になってたんやけど、新しい仲間《なかま》の幹《かん》ちゃんは、ごちそうを食べながら、上目づかいにちろりちろりと人を見る。ぼくらの仲間にそんな目つきをする子はだれもいない。

輝世《てるよ》ちゃんと久子《ひさこ》ちゃんは活発《かっぱつ》でしっかりもんみたいや。二人ともはやくからおかあさんの代わりをして、お留守ですのおっちゃんや弟の幹ちゃんの面倒をみてきたんやもんな。子どもやのにえらいな。

（ねえちゃん、つめのあかでもせんじて飲め）そう思ってねえちゃんを見ると、ねえちゃんは良子《りょうこ》ちゃんやミータンと、なにかおもしろいことでも話しているのか、ころころ笑《わら》い

ころげている。

なんか腹立《はら》つな。あの三人は――。

「おみきがまわってきたこのへんで、そろそろ歌でも出してもらおか」

ガマ口のおっちゃんがいった。

「お留守ですのおっちゃん、あれ、いけ。あのヨイショ、ヨイショいうやつ」

「なんや？　ヨイショ、ヨイショいうて」

お留守ですのおっちゃんはぽかんとした顔をした。

「あれやがな。あれ。海はヨオオオーいうやつ。あんたの得意《とくい》なやつ」

「ああ、あれか」

とお留守ですのおっちゃんはいった。

「そや、あれや」

さっぱりわからへん。

「よっしゃ。ひとついこ」

お留守ですのおっちゃんは威勢よくいった。

「みんな、ヨイショ、ヨイショいうとこやってくれるか。ええか、いくで。ほら、ヨイショ、ヨイショ、ヨイショ、ヨイショ」

ぼくはなんのことかわからへんけど、しょうがないから、お留守ですのおっちゃんにあわせて、

「ヨイショ、ヨイショ、ヨイショ、ヨイショ……」

というた。

ミータン、良子ちゃん、ねえちゃんはけらけら笑っている。

「ヨイショ、ヨイショ、ヨイショ……」

メスのれーめんとトコちゃんもくすくす笑っている。

「ヨイショ、ヨイショ、ヨイショ、ヨイショ……」

いうてるうちに、なんかええ気持ちになってきた。

欽《きん》どんもカツドンも風太も、大きな声を出しはじめた。

「ヨイショ、ヨイショ、ヨイショ……」

「海はヨーオオオ　海はヨォーオ

でっかいー海ィはヨオオー

オレを育ァてたァー　おやじィのー海だァー」

「ヨイショ、ヨイショ、ヨイショ、ヨイショ……」

お留守ですのおっちゃんは、気持ちよさそうに歌っている。

「沖《おき》で苦労ォーのォーシラガァもふえてェー

しおのォーにおいがァーはだ身にしみたァー

そんなァーア　おやじがァー　いとおーしいィー」（「おやじの海」作詞・作曲　佐義達雄）

「ヨイショ、ヨイショ、ヨイショ、ヨイショ……」

「よおう、だいとうりょう！」

パンツ屋のおっちゃんがかけ声をかけた。

「まかせとけ」

お留守ですのおっちゃんはすっかりのっている。

「今はヨーオオオ、今はヨォーオ
静かなー海ィもヨォーオ……」

「ヨイショ、ヨイショ、ヨイショ……」

お留守ですのおっちゃんは三番まで歌って、深ぶかと礼をした。

みんな拍手《はくしゅ》した。

輝世ちゃんと久子ちゃんは、

「もうはずかしいワ」

といっている。

幹ちゃんはてれたように笑っていた。

「つぎ、岸本先生お願いします」

ガマ口のおっちゃんがいった。

「えっ、ぼく」

「はい」

ガマ口のおっちゃんはすましている。

「弱ったなァ」

岸本先生は頭をかいた。それでも男らしく立った。

「えらいことになってしもたな」

岸本先生は心細そうにいった。

「センセェー、がんばってえ！」

メスのれーめんが応援した。

「みんなでやれるやつがいいですか」

「それがよろしおま」

とガマ口のおっちゃん。

「ほな、みんな出てきて」

と岸本先生はいって、ぼく、欽どん、カツドン、風太、れーめん、トコちゃんと前に出された。

「なにすんの」

風太がたずねた。

「ぼくのやるとおりにしたらええねん。まず、こうや」

岸本先生は両手を広げて、それを鼻の前に縦《たて》につないだ。右手の親指が鼻に、右手の小指の先と左手の親指の先が重なって、たとえていったら、手のひらでたて笛《ぶえ》を作ったようなぐあい。

そのまま岸本先生は上体をたおした。腰《こし》が曲《まが》ったおばあさんみたい。いや、岸本先生は男やからおじいさんか。

「へんなかっこうやわァ。うち、すかんわァ」

とメスのれーめんがいった。

岸本先生はそのままの姿勢《しせい》で歌い出した。

「ヒンガンリッキ、チャツプラリッキ、ヒンガンリキリキパー……」

「なんやそれ」

と欽どんはいった。

「なんでもええから、真似《まね》して歌え」

と岸本先生はいった。

しょうがないので、ぼくらはへんなかっこうのまま、

「ヒンガンリッキ、チャツプラリッキ、ヒンガンリキリキパー」

と歌った。

「そやそや。こんどはかっこうもぼくの真似せえよ。ヒンガンリッキ、チャツプラリッキ、ヒンガンリキリキパー……」

岸本先生は歌いながら前へ進みはじめた。鼻の前の手が、ほにゃほにゃ動くので、ぼくらはそのとおりに真似た。

「シュントキテ、シュン、トコチンデカッポカッポォ、トコチンデ、シュン、シュン……」

シュントキテ、シュンというところのシュンでは人さし指で鼻をこすった。

トコチンデカッポカッポのカッポカッポのところはおなかを打つ。

また、手を鼻の前に組んで、

「ヒンガンリッキ、チャツプラリッキ、ヒンガンリキリキパー」

と歩く。

やってるぼくらはまじめで、見ている人はおなかを抱《かか》えて大笑《おおわら》いしている。

けど、これ、なんかおもろいな。

「ヒンガンリッキ、チャツプラリッキ、ヒンガンリキリキパー、シュントキテ、シュン、トコチンデカッポカッポォ、トコチンデ、シュン、シュン、ヒンガンリッキ、チャツプラリッキ……」

ぼくらは岸本先生を先頭に、へんなかっこうで座敷《ざしき》をぐるぐるまわった。

そんな楽しい日をすごしたばっかりだったのに……。

パーティーから三日目、月曜日の四時ごろだった。

ぼくはガマ口のおっちゃんの二階《かい》で宿題《しゅくだい》をすませて、家に帰る時間まで欽どんらと遊ばなソンやと、表に出た。

ちょうどそこへ欽どん、風太とかけてきた。二人とも真っ青な顔をして体を小きざみにふるわせている。

二人はぼくの方へではなく、店番をしているガマ口のおっちゃんのところへきていった。

「幹ちゃんが殺されるう」

「なんやて。おまえ今、なにいうた？」

「幹ちゃんが……殺される……おっちゃん、はよきて」

欽どんの声はふるえていた。

ガマ口のおっちゃんは血相《けっそう》を変えて立ち上り、欽どんはそんなおっちゃんの手を強く引いた。

走りながら事情《じじょう》を説明せえとガマ口のおっちゃんはいったが、欽どんは、はよきて、はよきて一点張りやった。

ぼくらはのどをぜいぜい鳴らしてかけた。

「幹ちゃんは家か」

「うんうん」

欽どんはやっと首をふった。

お留守ですのおっちゃんの店に飛びこんだ。

恐《おそ》ろしい顔のおっちゃんがつっ立っている。

その前に幹ちゃんがころがっている。幹ちゃんの顔は風船《ふうせん》のようにはれあがっていた。

「気ィでも狂《くる》うたんか！　こんな小さな子ォをなにするねん！」

ガマ口のおっちゃんがどなった。

「うるさい！　このガキ殺してわしも死んでしもたるんじゃ」

ものすごい顔をして、お留守ですのおっちゃんは叫んだ。

お留守ですのおっちゃんは幹ちゃんの胸《むな》ぐらをつかんで、ふたたびなぐりかかろうとした。

ガマ口のおっちゃんが、お留守ですのおっちゃんに体当りをくらわした。お留守ですのおっちゃんの体がよろめく。

そこへ、オスのれーめんが青い顔をしてかけこんできた。

「こいつ押《おさ》えてくれ！」

ガマ口のおっちゃんは悲鳴《ひめい》をあげるようにいった。

オスのれーめんはガマ口のおっちゃんよりずっと若《わか》い。お留守ですのおっちゃんをむんずとはがいじめにした。

パンツ屋のおっちゃんと、おばちゃんがかけこんできた。

おばちゃんは幹ちゃんを抱《だ》き起こした。

「なにすんのん。こんなひどいことをして」

おばちゃんは、お留守ですのおっちゃんをにらみつけた。

幹ちゃんはぐったりしてしまっている。

オスのれーめんに、はがいじめされていたお留守ですのおっちゃんは、突然、ぬれたタオルが床《ゆか》に落ちるように、その場にくずれてしまった。

うつ向いたお留守ですのおっちゃんの肩《かた》がふるえ、おっちゃんは男泣《な》きに泣いていた。

みんなはそんなおっちゃんを、ぼう然《ぜん》とながめた。

8　正義の味方

「子どもにこんなひどいことをする親がどこにおると思うやろ。だれでもそう思うやろ……」

お留守ですのおっちゃんは、しぼり出すような声でいった。顔が涙《なみだ》でぐしゃぐしゃやった。

「子どもをこんなひどいめにあわせて平気な親が、どこにおる……」

おっちゃんはまたそういって泣いた。

ぼくは体がきゅーんとかたくなって、大きな息《いき》もできないほどやった。

欽《きん》どんらも同じ気持ちとみえて、青い顔で身動きひとつしなかった。

オスのれーめんを呼びにいったのは、メスのれーめんとトコちゃんで、パンツ屋のおっちゃんとおばちゃんを呼びにいったのは、カツドンらしかった。

三人が後ろにきたらしいことはわかっていたけど、どうしてかぼくは後ろをふり向くことができなかった。

「こんな小さなうちから人さまのものを盗《ぬす》むやなんて……そんな子ォを大きゅうした覚《おぼ》えは、わしはない」

声をしのんでおっちゃんは泣《な》いた。

ガマ口のおっちゃんは、泣いているお留守ですのおっちゃんの肩を、やさしくたたいた。

幹《かん》ちゃんはパンツ屋のおばちゃんに抱《だ》かれて、ぶるぶるふるえていた。

「だれにでも、でき心というものがあるんや。ましてや子どもや」

ガマ口のおっちゃんは、なぐさめるようにいった。

「でき心やあらへん」

お留守ですのおっちゃんはいった。

「何回も家の金をくすねて、とうとう人さまのものに手を出したんや」

ガマ口のおっちゃんとパンツ屋のおばちゃんは顔を見あわせた。

ぼくはそのとき、幹ちゃんが上目づかいに人を見るくせを思い出した。

「母親のおらんのがふびんやと思うて、何一つ不自由させせんと大きゅうしたのが、裏目《うらめ》に出てしもうた……」

お留守ですのおっちゃんは、腕《うで》で涙をぬぐった。

「わしはこんな気性《きしょう》や。ええことと悪いことは、小さいうちからきちんと教えてきたつもりや。それがこの子に、なんもはいってなかった」

そのとき、パンツ屋のおっちゃんがいった。

「この子も悲しいのやで。それ、わかってやれや。悪いとわかっとって悪いことをする人間はさびしい。悪いことをする人間はいっつも一人ぼっちや。それ、わかってやれや、なあ」

いつもふらふらしているパンツ屋のおっちゃんは、そのとき、すごく真剣やった。ぼくはおっちゃんの顔を見た。

パンツ屋のおっちゃんの目に、涙がたまっていた。ぼくはどきっとした。

「こんな小さな子ォがさびしい思いをして……。わしはそれがふびんや……」

それを聞いたお留守ですのおっちゃんは、また、くくと泣いた。

「こんなガキを、みんなして、かわいがってくれるのに……」

お留守ですのおっちゃんは身もだえした。

「われは聞《い》とるんかァ!」

幹ちゃんにまた、こわい声が飛んだ。幹ちゃんがびくっと体をふるわせた。

「さ、もうええ。あんたは向こうへ行ってタカぼうたちに遊んでもらいなさい、さあ」

パンツ屋のおばちゃんはそういって、ぼくに目くばせした。

ぼくはあわてて幹ちゃんのそばに寄《よ》った。

「さ」

おばちゃんが幹ちゃんをぼくに押《お》しつけた。

「幹ちゃん……行こ……」

そういったぼくの声はかすれていた。

ぼくは幹ちゃんの手をとった。幹ちゃんはまだふるえていた。手をにぎると、それがよくわかった。

ぼくらはお留守ですのおっちゃんから逃げるようにして外へ出た。

どうしてか空が真っ青やった。

「空、青いなァ」

ぼくはまのぬけたことをいった。

みんなまっすぐ正面を見ている。

「うん」

「うん」

欽どんもカツドンも大まじめで返事をした。

でも、そういってしまうと、もう何もいうことがなかった。

ぼくらは幹ちゃんを真ん中にして、ぞろぞろ道を歩いた。

八百屋《やおや》のおばちゃんが、木の箱《はこ》に土を入れて草花を育てている。

コスモスが風にゆらゆらゆれていた。

「コスモス、きれいなァ」

欽どんがいった。

「うん」

「うん」

こんどは、ぼくとカツドンが大まじめの返事をした。

でも、それをいってしまうと、また、いうことがなくなってしまった。

幹ちゃんは下を向いて歩いている。

ぼくらはときどき、そんな幹ちゃんをちろちろ見る。

みんなに気づかれないように見てるつもりなのに、だれかと視線《しせん》があってしまう。ぼくらはあわてて目をそらした。

魚金《うおきん》の前を通ったとき、欽どんが、

「きょう、ハマチ安いなァ」

といった。

魚金のおばちゃんが聞きとがめて、

「きょうはハマチ、品薄《しなうす》や。ちょっぴり高いよ」

といった。

「ふーん」

と欽どんはいった。

「きょう、ハマチ高いなァ」

欽どんはふらりーといった。

「うん。きょう、ハマチ高いなァ」

カツドン。

「うん」

「うん」

みんなも返事をした。

「なんや、けったいな子ォやなァ」

と魚金のおばちゃんはいった。

白い雲が少し赤くなりかけた。

「もうじき夕焼け」

れーめんが歌うようにいった。

欽どんが口笛《くちぶえ》を吹《ふ》いた。

「なんの歌？」

とトコちゃんが聞いた。

「夕焼け小焼け」

と欽どんはこたえた。

「夕焼け小焼けに聞こえへんワ」

「音痴《おんち》やなあ」

れーめんがひやかした。

みんな、ちろっと幹ちゃんを見たけど、幹ちゃんは笑《わら》わなかった。

でも、いつか幹ちゃんの体のふるえは止まっていた。

「幹ちゃん、鼻かみィ」

れーめんがティッシュペーパーをさし出した。

幹ちゃんの鼻からちょろっと鼻血が出ていた。

「鼻かみィ」

と欽どんもいった。

「幹ちゃん、鼻かみィ」

とトコちゃんもいった。

「鼻血や」

風太《ふうた》がいった。

(あっ、いった)

とぼくは思った。

みんなも、さっと、そんな表情《ひょうじょう》になった。風太をひなんするようににらんだ。

風太は平気で、れーめんのさし出したティッシュペーパーをとって、幹ちゃんの鼻血をぬぐってやった。

「痛《いた》かったやろ」

風太はあっけらかんといった。

ぼくらは顔を見あわせた。

「あんな、あんな……」

風太はいった。

「よそのお金とったらあかんねんで。な、な、な」

幹ちゃんはじっと下を向いた。

風太はそんな幹ちゃんの顔に、自分の顔をくっつけるようにしてまたいった。

「もう、よそのお金とったらあかんでえ。な、な、な」

こんどは幹ちゃんはこっくりうなずいたのだった。

それからしばらくして魚政《うおまさ》の店で一騒動《ひとそうどう》があった。

「わしはそんな考え好《す》かんねん。政《まさ》やんがそういい張《は》るねんやったら、長いつきあいやったけど、もう魚、ここへいれるのんやめさしてもらうワ。そら金もほしいけど、気持ちように商売《しょうばい》させてもらうのがなによりやよってナ。わしはもともとそういう気性《きしょう》や。わし、気ィ悪した」

そういっているのは色の黒い、固太《かたぶと》りした若《わか》い人だった。目がくるりとまん丸い。顔だけ見るとかわいい子どものように見える。

「そんな、きょくたんなこといわんと……」

魚政のおばさんがとりなした。

「もともと栄治《えいじ》はんとなんの関係もない話やろ」

魚政のおっちゃんは、ぶすっとしている。

そんなやりとりをしている魚政の前を通るとき、幹ちゃんは店の前から逃げ出そうとした。

「どないしたん」

れーめんがそういって幹ちゃんの手を引っぱった。幹ちゃんは下を向いて石のように身をかたくしてしまった。

「あ、あの子や。また、えらい顔をして」

魚政のおばさんがびっくりしたようにさけんだ。

幹ちゃんはいっそう身をかたくした。

「あんた、おとうさんとあやまりにきたときはそんな顔してなかったのに、あれからおとうさんにおこられたんか？」

魚政のおばさんは少し気の毒《どく》そうにいった。

「ここのおじさんはあんたのためを思うて、あんたのしたことを、おとうさんに告《つ》げにいったんやで。それ、わかってもらわんと……」

魚政《うおまさ》のおばさんは、栄治はんという人の顔を見ていった。

ぼくや欽どんらは顔を見あわせた。

(幹ちゃんはこの店のお金をとったんか)

栄治はんが口をはさんだ。

「何回もいうけど、子どもの手のとどくところに金を置いとくもんも悪い。あんたらもこの子にそこのところはあやまらなあかんのとちがうか。それが筋《すじ》というもんや」

「あんたに説教《せっきょう》されて、わしも気ィ悪いワ。金盗《ぬす》まれて、なんでわしがあやまらなあかんねん」

魚政のおっちゃんもいいかえした。

「その考えが、わし、気に食《く》わんねん。商売人《しょうばいにん》というもんは人の前で現金をあつかってんのやさかい、いつも子どもにでき心を起こさせんように気をつけたらなあかんのとちゃうか」

「………」

「な、そうとちゃうか」

魚政のおっちゃんは腕組《うでぐ》みしながらいった。

「なんや、ひっかかんなア……。あんただけが子どもの味方、正義《せいぎ》の味方ちゅう感じやな。わし、そこんとこがひっかかって、栄治はんのいうこと素直《すなお》に聞かれへんねん」

「あいた」

と栄治はんはいった。

子どもみたいな顔がいっそう子どものような顔になった。

「わし、正義の味方か？」

とつぜん栄治はんはぼくらの方を向いて、そうたずねた。

「正義の味方、月光仮面《げっこうかめん》」

欽どんが半分おどけてこたえた。

「正義の味方か。こら、まいったなァ」

栄治はんは照《て》れた。

「まいった、まいった」

と何回もくりかえした。そして、

「政やん。あした、とびきりええ魚持ってきたるぞ。きょうのところは、どっちも反省するちゅうことにせえへんか。ハンセエか、久しぶりにハンセエなんちゅう言葉をつこうたなあ」

と自分で勝手に感心していた。

この正義の味方はおっちょこちょいで、お人好《ひとよ》しなんやなァとぼくはそのとき思った。

「政やん」と「栄治はん」は、ときどき、口げんかをして、それを楽しんでいるのかも知れへんな。そんな感じや。

ぼくはこのとき、栄治はんに正義の味方というあだ名をつけてやった。

「みんな、どないしてん」

正義《せいぎ》の味方がぼくらにたずねた。

「どないしたいうて……」

欽《きん》どんは困った。

「……歩いてるだけや」

と欽どんはこたえた。

「歩いてるだけか」

「ふん」

なんか、とんちんかんの会話やな。

「そのぼうずと友だちか」

「このあいだ、友だちになったばかりや」

「とれたての友だちか」

「………？」

「………？」

「友だち、大事にしたれよ」

と正義の味方はいった。

「大事にしとる」

とカツドンがこたえた。

「人間は、友だちがたーんとおったら悪いことなんかせえへんもんや」

ぼくはあれっと思った。

パンツ屋のおっちゃんは悪いことをする人間はさびしいといった。悪いことをする人間は、いっつも一人ぼっちやともいった。

正義の味方もパンツ屋のおっちゃんも同じことをいっている。

ぼくはそっと幹《かん》ちゃんを見た。

(幹ちゃんはあまり友だちがおれへんかったのかも知れへんなァ)

「わしは漁師《りょうし》や、みんな海好《す》きか」

とつぜん正義の味方がいった。

「好きィ」

「大好き」

みんな口ぐちにこたえた。

「ぼうずはどうや」

正義の味方は幹ちゃんにもたずねてやった。

幹ちゃんは口ごもって、それから、聞こえるか聞こえないくらいの声で、

「好き……」

とうつ向いたままこたえた。

「そうか、よしよし」

正義の味方は幹ちゃんの頭をなでた。

ぼくはうれしい気持ちがした。

「タカぼうは向いの島に住んでんねん」

れーめんがぼくのことを紹介《しょうかい》した。

「うち、漁師か？」

「そうやったらええねんけど、とうちゃんは画家や」

正義の味方はちょっとびっくりしたような顔になって、

「ひょっとしたら、その人津田史郎《つだしろう》という名前の人とちがうか」

こんどはぼくがびっくりした。

「とうちゃん、知ってるん？」

「面識《めんしき》があるわけやないけど、津田史郎さんはいろいろな展覧会《てんらんかい》に入選して、今注目されてる新人や。わし、これでも絵が好きやので、絵の世界のことは少しは知ってる」

「とうちゃんは貧乏《びんぼう》絵かきや」

ぼくはそういった。だけど心の中ではうれしくてしかたなかった。

「みんな、いっぺんわしの船に乗って魚とりにいかへんか」

「ほんま」

「ほんま」

「ほんまかァ」

みんな目をかがやかせていった。

「嘘《うそ》ついたらあかんで。男の約束やでえ」

カツドンがいった。

「嘘と、しりもちはついたことないわい。まかせとけ」

正義の味方はいばった。

「けったいな人やなあ」

と魚政《うおまさ》のおばちゃんは、あきれたような顔をした。

「ぼうず。おまえもこいよ。男やろ。元気出せ」

正義の味方はそういって、幹ちゃんの肩《かた》をぱーんとたたいた。

正義の味方のおかげで、ぼくらは明るい気持ちになって、幹ちゃんを家までおくっていったんやけど――。

そこで輝世《てるよ》ちゃんと久子《ひさこ》ちゃんの泣《な》き顔を見た。二人とも目を真っ赤に泣きはらしていた。

幹ちゃんは、また、うつ向いてしまい、ぼくらはしょんぼりした。

9　神さまのおすそわけ

ぼくが畑仕事を手伝うときは日曜日や。

きょう、とうちゃんとイチゴの苗《なえ》とエンドウマメをまいた。

「みんな冬越《ふゆご》しするもんや。冬越し三寸《さんずん》いうて、冬の間、葉やくきがのびすぎると霜《しも》にやられるので寒いころ三寸（約《やく》九・一センチ）ぐらいの背丈《せたけ》になるように、まく時季《じき》をかげんするんやな」

「ふーん」

とぼくはいったけど、とうちゃん、また竹三《たけぞう》さんに教えてもろたなと思った。はじめから知ってたようにいうところは、とうちゃんのええかっこしいのところやけど、いろいろなことをあちこちで学んでくるところはえらいとぼくは思う。

「あした風太《ふうた》に、イチゴの苗を植《う》えたっていってやったら、風太喜ぶやろなァ」

ぼくがそういったら、とうちゃんが、

「おまえ、ええとこあるな」

といった。

「なんで」

「なんでて、ひとが喜ぶやろうと思うて何かしてるっていうのは、ええもんやないか」

「ふーん。それ、ぼくのこと、ほめてくれてるんか」

「まあな」

「まあなって」

「自分の子どもをほめるというのはあまり、かっこよくない」

ええかっこしいのとうちゃんは、そういって、また、ええかっこいうた。

「イチゴ一人で食べるより、みんなで食べる方がおいしいやん。そんなんあたりまえや」

ぼくがそういうと、どうしてか、とうちゃんはちょっと、ため息《いき》をついた。

「そういうことをすらっというところがおまえのいいとこやけど、それにしても、タカユキはええ時代に生まれたな。とうちゃんにも経験《けいけん》のあることやけど、戦争《せんそう》の後の食べ物の少ない時代には、ひとのものでもとって食べたいと思うたもんな」

「……」

ぼくは少し考えた。それからいった。

「あんな、とうちゃん。ぼく、お留守ですのおっちゃんとこの幹ちゃんがかわいそうやと思うて、このことだまってよと思うてたんやけどな……」

ぼくは何本めかのイチゴの苗《なえ》を植《う》えながら、二日前のこわい出来事を全部とうちゃんに話した。

「な、とうちゃん。幹ちゃん、なんで、お金をぬすむようになったんやろ。お留守ですのおっちゃん、いうとったで。なあーんも不自由させせんと大きゅうしたのにいうて泣《な》いとったで。お留守ですのおっちゃんはいい人やし、輝世ちゃんも久子ちゃんも、いいおねえさんやと思うで。ふたりとも幹ちゃんのしたこと聞いて泣いとったもんナ。ぼく、それ見たとき、目ぇ熱《あつ》うなってんで」

とうちゃんはショックを受けたようだった。

しばらく、イチゴの苗を持ったまま、じっと考えこんでいた。

とうちゃんはぼそりといった。

「そうか。そんなことがあったんか」

「幹ちゃん、ときどき上目づかいで人を見るやろ。それはぼく、いややけど、あとはぼくらといっしょやで」

「うんうん」

　とうちゃんはうなずいた。

「そやから、なんで幹ちゃん、ひとのお金をとるようになったんやろ」

「うーん」

　とうちゃんはうなった。

「パンツ屋のおっちゃんは、悪いことをする人間はさびしい、悪いことをする人間はいつも一人ぼっちやっていうとった」

「……」

「きのう、とうちゃんにいうた、とうちゃんのこと知ってた男の人な。そら、とうちゃんのことを注目されてる新人やというてた人。あの人ぐうぜん魚政《うおまさ》で会った人みたいにぼくいうとったけど、ほんとうは、幹ちゃんはその店のお金をとって、それをいいつけた魚政のおっちゃんと、そのことで口げんかしてた人で、ぼく、正義《せいぎ》の味方《みかた》というあだ名をつけてやったんやけど、その人は、人間は友だちがたーんとおったら悪いことなんかせえへんというとった」

「うーん」

　と、とうちゃんはまた、うなった。

「そうか？　とうちゃん」

「うーん。そうやろな。パンツ屋のおっちゃんも、その正義の味方君も、すごいことというなあ。いのちは一人ぼっちで生きられへんということをいうとんやろな。いのちが金や物にかこまれて、一人ぼっちになりだすと危険《きけん》信号を出す。そういうことなんやろなァ」

途中《とちゅう》から、とうちゃんは一人ごとをいうようにいった。

「とうちゃんの話は、じき、ややこしなるな」

「ま、そういうな」

と、とうちゃんはいった。

「タカユキは今、イチゴの苗《なえ》を植《う》えてるやろ。それは、イチゴのいのちと仲良《なかよ》くしているということや。都会《とかい》の人間は真っ赤に熟《う》れておいしそうに見えるイチゴをお金を出して買うだけや。イチゴを苗から育てて、イチゴと仲良くした楽しい思いはお金では買えないね。悪いことをする人間はさびしいというパンツ屋のおっちゃんのことば、ようわかるなァ」

なんや、とうちゃんの話はわかるようでようわからん。

ぼくがそんな顔をしていると、とうちゃんはぼくの心を見すかしたように、

「ま、タカユキ。そんなに早《は》よわかろうとするな。タカユキはたくさんの友だちと仲良くして、人間以外のたくさんのいのちとも友だちになることや。それが先や。タカユキ。幹ちゃん大事にしたれよ」

「わかっとる」

とぼくはいった。

イチゴの苗の植えつけと、エンドウマメの種まきは、一時間ほどの作業で終わった。また一つ、畑がにぎやかになった。

「ひい、ふう、みい……」

とぼくは数えていった。

ホウレンソウ、シャクシナ、シュンギク、ネギ、ゴボウ、ダイコン……と、いっぱいある。全部で三十種類《しゅるい》ぐらいかな。

「いのちがいっぱいで、とうちゃんコーフク」

ぼくがそういうと、

「はいはいはい」

と、とうちゃんはうれしそうにいった。

「とうちゃんと、イチゴの苗を入れてきた木箱《きばこ》を、竹三さんとこへ返しに行った。

「おかしなもんやなァ」

道を歩きながら、とうちゃんはいった。

「なにが？」

「ちょっとおおげさなことばを使うていうと、このごろのおまえの人生は波瀾万丈《はらんばんじょう》やなあ」

「なんや？　ハランバンジョウって」

「つぎつぎ事件《じけん》がおこってたいへんやということや」

「あ、そうか」

「田舎《いなか》の暮《く》らしは平和なはずやのに、こっちへきてからの方が、いろいろあるな」

「そういうたらそうやなァ。とうちゃん」

「タカユキは、都会と田舎の両方の生活をしているからかもしれんな。とうさんもここへきてから、都会では考えなかったことを考えるようになったし、感じなかったことを感じるようになったもんね」

「とうちゃんも、頭ごちゃごちゃになってんのか」

「ん？」

「このごろ、そのハランバンジョウばっかりで、ぼくは頭ごちゃごちゃや」

こんどはとうちゃんが、あ、そうかといった。

そんな話をしながら竹三さんの家へ行った。

「もう植《う》えてしもたんかい。はやいの」

と竹三さんのおくさんはいった。

「もうひゃくしょうも、いっちょまえよ」

竹三さんは半分笑《わら》っていった。

「いやあ」

と、とうちゃんは頭をかいている。

「タカぼう。ぜんざい炊《た》いとるけど食べるかい」

ぼくは、うーん、うんのあいだの返事をした。ぼくはぜんざいはあまり好《す》きじゃない。

竹三さんのおくさんが、せっかくよそってくれたぜんざいなので、ぼくは口をつけた。

「甘《あま》いなあ」

というと、竹三さんのおくさんはぼくの顔を見ながら、

「このごろの子ォは、こういうもん好《この》まんようになったねえ」

といった。

（しまった）

とぼくは思った。

「おもちはおいしいで」

とあわてていったけど、いってからよけいばつが悪くなった。

竹三さんのおくさんは、ハハハ……とかるく笑って、

「タカぼう。むりせんと、いやだったら残しておきなさい」

といってくれた。

「ぜんざいなんて、ぼくらの子どものころは貴重品《きちようひん》だったのになあ」

と、とうちゃんはいった。

「このごろは物がありすぎるんよ」

と竹三さんはいった。

「ぜんざいはきらいでも、ケーキやチョコレートは毎日でもいいという子が多いですね。

そういうものの食べ過《す》ぎで、肥満《ひまん》、虫歯《むしば》、骨折《こっせつ》がふえています」

とうちゃんはぼくの顔を見ながらいった。

（とうちゃん、よういうよ）

とぼくは思った。

「あのね、おばちゃん。ぼくの家ではケーキやチョコレートは一年に三回か四回しか食べさせてくれへんからね。それ、いうとかんとね」

竹三さんのおくさんはハハハと笑《わら》って、

「それでいいのんよ」

といった。

「もう世の中、ぜいたくになってしもうて、庭《にわ》にカキがなってても、ビワが熟《う》れてきても、このごろの村の子ォは見向きもせんのよ。こっちの方が体にずっといいのにねえ」

「そうですね」

とうちゃんはあいづちをうった。

その、村の子がだれも食べなくなったというカキを竹三さんにカゴいっぱいもらって、とうちゃんとぼくは帰り道についた。

「秋の贈《おく》り物」

カゴをふってぼくがいったら、とうちゃんは、

「神さまのおすそわけ」

といった。

秋の贈り物と神さまのおすそわけがもう一つ、ぼくらをまっていた。

帰り道、いつもは通らない道を通って帰った。

家の近くの桜並木《さくらなみき》の下がすごかった。

桜の落ち葉が十センチあまりも積《つ》もってふかふかなんや。

赤と黄のまだらの道なんや。

「わ、わ、わ、わ」

ぼくは手と足をくの字に曲《ま》げて、た、た、た、たと歩いてやった。

「こりゃ、すごいわ」

と、とうちゃんも感動《かんどう》している。

「とうちゃん。神さまのおすそわけや、な」

「そう。秋の贈り物」

とうちゃんとぼくは顔を見あわせて笑った。

10　男らしい海

正義の味方は約束《やくそく》を守った。

船に乗って魚をとりにいこうとぼくらを誘《さそ》ったつぎのつぎの日曜日、正義《せいぎ》の味方はちゃんと用意をしてまってくれていた。

やっぱりぼくが正義の味方というあだ名をつけたのはあたりィ。

子どもとの約束をちゃんと守るやつが、ぼくは好《す》き。たいていの大人はすぐ子どもをごまかすからね。

魚政《うおまさ》のおばちゃんが土曜日の昼過《ひるす》ぎに、そのことをぼくらにいいにきてくれて、ぼくらは歓声《かんせい》をあげた。それから大騒ぎになった。

なにを着ていったらええんやら、なにを持っていったらいいんやら、さっぱりわからへん。

それに、どこの親でもそうやろけど、子どもには無理とちがうかとか、危《あぶ》ないことはないかとか、そんなときに限《かぎ》って、うっとうしいくらい心配してくれる。心配してくれるのはいいんやけど、ほんとうはなるべく、行かせたくないみたいで、ああでもないこうでもないと、あちこち電話ばかりしてなかなか話を決めてくれない。

そのとき正義の味方がもう一人現れた。それはぼくのとうちゃん。

とうちゃんがついていってくれることになって、一件落着。

一代目正義の味方と二代目正義の味方、つまりぼくのとうちゃんが、電話でいろいろ打合わせをしてくれて、心配していたみんなの親もやっと安心した。

「正義の味方くーん。ただいまやってまいりましたァ」

港《みなと》について、欽《きん》どんが船の上でじゅんびをしている正義の味方に向かって大声で叫んだ。

だいたい欽どんがいちばん先に、目立つようなことをいったり、したりする。

「だれや？　正義の味方って」

「あんた」

欽どんが正義の味方を指さした。

「タカぼうがつけたあだ名」

しなくてもいいのに、れーめんがそう解説《かいせつ》した。

「えらいあだ名をつけよったな」

と正義の味方はいった。

「正義の味方って、ええあだ名やでえ」

と、れーめんはくそまじめにいった。

「おれも子どもにおちょくられるようになったか。落ち目やのう」

そういったけど、ぜんぜん落ち目の顔とちがう。

お目々くりくり、顔、赤ちゃんおめでとうさんという顔やもんね。

正義の味方は、とうちゃんと大人のあいさつをかわしてから、

「さあ、みんな乗りィ」

といった。そして、幹《かん》ちゃんをみつけ、

「ぼうず。ようきたな」

といって幹ちゃんを抱《だ》き上げた。幹ちゃんは困ったように照《て》れ笑《わら》いをした。

心の中ではうれしいンやで。きっと。

(幹ちゃん、よかったナ)

船は底引《そこび》き船で、長さが十五メートルほどある。船尾《せんび》に鉄材《てつざい》が突《つ》き出ていて、上の方から大きな網《あみ》が下がっていた。

「クジラとれる？」

風太《ふうた》がたずねた。

「冗談、きついなあ」

と正義の味方はいったけど、風太は冗談でいってるわけやない。いつでもとんでもない質問《しつもん》をするのが風太のくせ。

カツドンは遠慮のないことをいった。

「船、大っきいけど、ボロやなァ。もっとええのん買いィ」

「ほっといてくれ」

と正義の味方はいった。

「なんぼ？」

また、風太がたずねた。

「一千五百万円」

正義の味方はおどろいたか、というような顔をしていった。

「ふーん」

風太は平気な顔をしている。

「千五百円とちゃうねんぞ」

「あい」

と風太はこたえた。

風太は千五百円も一千五百万円も、あんまり区別がつかへんのやろ。

「頭、おかしなるワ」

と正義の味方は首をふっていった。

とうちゃんが笑った。

正義の味方はエンジンのスイッチを入れた。

ドッドッドッドッドと音がした。おなかの底にひびく。男らしい音や。

「海賊船《かいぞくせん》出発う！」

へさきに仁王《におう》立ちになって、欽《きん》どんは叫んだ。

「ジャンジャジャーン」

と、カツドンが景気をつけた。

ドッドッドッドッド。

風を切っていく。燈台《とうだい》が後ろに去《さ》っていく。海に浮《う》かんでいたカモメがあわてて飛び上がった。

「なんか男らしいなァ！」

欽どんはうっとりしていった。

みんな同じ気持ちや。

港を出ると、タンカーやフェリーボート、それに漁船《ぎよせん》がいっぱいや。

とうちゃんが前に教えてくれたことがあったけど、本州《ほんしゅう》とぼくの住む島のあいだのこの海峡は潮《しお》の流れが早い上に、船の往来《おうらい》がはげしく、日本でも一、二を争う難所《なんしょ》やそうな。そんなむずかしいところで魚をとっている正義の味方は、きっと日本一の漁師《りょうし》なんやろな。

「海は男らしいんやで」

欽どんは肩《かた》をそびやかしていった。

ぼくもそう思う。けど、そこへ、れーめんが文句《もんく》をつけた。

「男らしいっていうのは勇《いさ》ましいっていうことやろ。女らしいというのはやさしいっていうことやろ。海は男らしいだけとちがうよ。海はやさしいとこもあるよ、ね、トコちゃん」

れーめんはそういって、トコちゃんにあいづちをもとめた。トコちゃんは女やから、もちろん、うんとうなずいた。

「海は女らしいっていい直してエ」

欽どんは困った顔をした。

「海は女らしいっていうたら、なんかおかしいナ。な、タカぼう。なんかおかしいやろ？」

ぼくも困った。

「ほな、な。れーめんとトコちゃんはな……」

欽どんは二人の肩を押《お》して、二人をぼくらから離《はな》した。

だいぶ遠くの方へつれていってから、欽どんはささやくようにいった。

「ここで、二人で海は女らしいって、ゆいィ。な、ほな、ええやろ」

欽どんは晴ばれした顔で帰ってきた。

「海は男らしいんやで。なあ」

男はみんな、うんとうなずいた。

ほくらが船のへさきでそんな話をしているとき、正義の味方もとうちゃんと、なにか楽しそうに話していた。

エンジンの音が少し小さくなった。

「ここが鹿《しか》の瀬《せ》というて魚のたくさんおるとこや。一度網《あみ》を入れてみよか」

一時間ばかり走ったところで、正義の味方がいった。

みんなの顔がかがやいた。

「あぶないから、みんなはここにかたまってしゃがめ」

正義の味方が、びーんとした声でいった。

レバーを引くと、網《あみ》の支柱《しちゅう》や鉄材《てつざい》のワクがガタン、ガタンと大きな音を立てて落ちた。どこかの工場を見ているみたいやった。

ワイヤーがするするするとのびた。

網が海に落ち、あっというまにその姿《すがた》を消していった。

トコちゃんがパチパチと手をたたいた。みんなもつられて手をたたいたけど、正義の味方はにこっともしなかった。

きびしい顔をして海をにらんでいる。

長い時間、ワイヤーをのばしていた。

正義の味方がふたたびレバーを引く。ワイヤーがぴーんと張《は》られ、がくんと船の速度《そくど》が落ちた。

「よっしゃ。これでいい」

正義の味方の顔がゆるんだ。

「どのくらいの深さですか」

とうちゃんがたずねた。

「深さは五十メートルでワイヤーは八十メートルほど出しています」

正義の味方がこたえた。

字で書くと簡単やけど、それだけいうのに、とうちゃんと正義の味方は、どなりあいをしているようにやっている。

そうしないとエンジンの音で、声がかき消されてしまう。

正義の味方はいつも声が大きくて、なんであんな大きな声でものをいうんやろとぼくは思ってたけど、今わけがわかった。

「もう立ってええか」

欽どんがいった。

「あ、忘《わす》れとった。もう立ってええ」

「もう好《す》かんワ」

と、れーめんがいって、忘《わす》れられた子らは腰《こし》をさすりさすり立ち上がった。

「すまん、すまん」

と正義の味方はあやまった。

ドッドッドッドッド。エンジンの音は快調《かいちょう》。

船は力強く網を引く。

「先生。今、なんとなしに網を引いているように見えるやろけどこれでものすごく神経《しんけい》を使うてまんねんで。魚巣《ぎょそう》のうんときわまで網を持っていかんと大きな魚が入らしませんやろ。近づけすぎるとひっかけて網やぶってしまうし。海には棚《たな》があって、そこに魚が群《む》れているから、そのわずかのところに網を持っていくのも、なかなかむずかしい。気楽そうに見えるけどたいへんなんや」

正義の味方はとうちゃんに話しかけた。

「大型船もひんぱんに通るしねえ」

とうちゃんはいった。

ぼくはたずねた。

「海の底見えへんのに、なんでわかるのん？」

「島のかたちや街《まち》の建造物《けんぞうぶつ》、そら、向こうに石油コンビナートの煙突《えんとつ》が見えるやろ。ああいうもんやら燈台《とうだい》など、いろいろな目印《めじるし》が頭にはいってしもとるから、ちゃんと自分の位置《いち》がわかるねん。こんな広い海やけど、ことというところに網を入れるのに、四、五メートルもちがうことない」

「ふーん」

とみんな感心した。そして尊敬《そんけい》して正義の味方を見た。

「いつ網を上げるん？」

風太がたずねた。

「一時間か一時間半は引く」

一時間半も引くんか。

一時間半もただまつだけやったら退屈やなァと思っていたら、ぼくらの気持ちを察《さっ》したように、

「ま、きょうのとこは四、五十分で上げてみるか」

と正義の味方はいってくれた。

とうちゃんがそれはいけません、仕事としてちゃんとやってくださいといったけど、正義の味方は、きょうは子どものサービスデーですといって、そばにいる幹ちゃんの頭をくるっとなでた。

ぼくは気がついたんやけど、幹ちゃんはいつからか正義の味方のそばへそばへと体を寄せるようにしている。知らず知らずのうちにそうなってんのやなァと、ぼくはちょっとびっくりした。

心と心は、ジシャクのようや。

「さて、いっぺん網、上げてみるか」

正義の味方はいった。

レバーを引いた。ウインチがうなる。

ぼくは胸《むね》がどきどきした。みんなも同じ気持ちとみえて、少し顔が赤くなって目が光っている。

網が見えた。

「あぶないから、ここから前には出るなよ」

ぼくらはごくんとツバを飲みこむ。

網が船の上に引き上げられ、海水が滝《たき》のように落ちた。

網がふくらんでいる。

（魚がいっぱいなんやろか）

みんな顔を見あわせた。

正義の味方は手ばやく手カギを使って、網の根元《ねもと》を引き寄せ、結《むす》んでいるひもをほどいた。網の中のものがどっと甲板《かんぱん》に落ちる。

「わ！」

ぼくらは思わず声を出していた。

ぼくらの目に飛びこんできたものは、ビニールのようなゴミと、青い色をした海藻《かいそう》だけだった。

正義の味方はべつにおどろきもせず、手カギを使って、ゴミと海藻の山をかきわけていく。

「あっ、タコや！」

カツドンが大声をあげた。

タコが顔を出した。タコは一大事とばかり体を持ち上げ、スピードを上げて逃《に》げていく。

魚屋のタコとえらいちがいや。

正義の味方はそいつをつかまえて、無造作《むぞうさ》にいけすの中へ、ぽーんと投げ入れた。

「まだ、なんぼかおるやろ。さがしてみるか」

ぼくらは歓声《かんせい》をあげて、ゴミと海藻の山へ飛びこんだんやけど——。

一時間近く網を引いて、とれた獲物《えもの》は、タコ五ひき、二十センチのカレイ一ぴき、十二、三センチばかりの子どものカレイ七ひき、あとは体の赤い長さ四センチほどのエビが少しというありさまやった。

甲板につまれた山のようなゴミと海藻とヒトデを、正義の味方はさっさとかたづけた。そして、また網を入れた。

とうちゃんはぽかんとしている。そらそうや。とうちゃんもぼくらも網を上げると、魚が山ほどとれるもんやとばかり思っていたのやから。

ショックや。

みんなは気落ちしたように、ぐにゃっとしてしもている。

「もっと魚がとれると思っとったんやろ」

正義の味方は笑《わら》いながらいった。

「なんで魚がこんなに少なくなってしもたんか、ま、学校でよう勉強してきてくれ」

正義の味方はひとごとみたいにいっている。

「ほんとうは底引《そこび》きは夜やるから、クルマエビなど、もう少し漁《りょう》はあるけどそれでも、いま、たいしたことはない。この船がなんでボロ船かようわかったやろ」

正義の味方はそういって、あははと笑った。

「ちいとは、みんなを喜ばしてやらんとあかんなァ。なんせ、おれは正義の味方やよってなァ」

正義の味方は楽しそうにいった。

波が出てきて船が大きくゆれた。

欽《きん》どんが、

「もう、あかん」

といって船べりで、ゲーゲーやりはじめた。トコちゃんも青い顔してぽてんと寝てしもた。

「網《あみ》上げるぞォ」

正義の味方は、二人をはげますようにどなった。

また、ウインチがうなる。

網が上がってきた。

正義の味方はこんどは、網の中のものを一度にぶちまけるようなことをせず、網のいちばん下の部分を端《はし》の方において、そしてひもをといた。ゴミと獲物《えもの》が別べつになるようにしてくれたというわけ。

「わ！」

と、ぼくらはまた大声を出したけど、こんどは、だいぶ、うれしい気持ちのまじった声やった。

欽どんがのそのそ起きて、こっちへやってきた。

トコちゃんも体を起こしてこっちを見ている。

わ！　の声の下に、タイ、フグ、ベラ、カレイ、クルマエビ、アナゴ……と、こんどはずいぶんたくさんの魚がはねていた。

「みんな小さい魚ばっかりやから商売にはならへんけど、うちで食べるのにはいいやろ。なるべく大きそうなのをとって、後は海へ帰してやれや」

と正義の味方はいった。

「わ、わ、わ……」

カツドンは興奮した。

みんな正義の味方に入れものをかしてもらって、はねまわっている魚を手づかみにした。

欽どんもトコちゃんも船酔《ふなよ》いを、どこかにおき忘《わす》れてきたようや。

はねまわっている魚より、ぼくらの方がもっとはねまわっている感じやった。

幹《かん》ちゃんは今まで見たことのないような明るい顔をして、キャッキャと大騒ぎしながら魚をつかんでいた。

正義の味方は、そんなぼくらをにこにこ顔で見ていた。

解説

宮崎学

あれは一九八三年の初夏だった。ぼくは西表島《いりおもてじま》のジャングルの中を歩いていた。それまで日本で一度も巣が見つかっていなかったカンムリワシの営巣を、西表島のジャングル内で初めて発見した帰り道だった。とにかく十数年間も求めつづけてきたカンムリワシの巣だったから、その安堵《あんど》感から気分も軽く鼻歌まじりだった。その時は心も躍り、当然のごとくジャングル内の景色はまったく目にはいっていなかった。そしてまもなく、ぼくは便意をもよおした。

自然の中で「野ぐそ」をするのは大好きだから、ぼくは山野のどこでもしてしまう。ジャングル内の小高い丘をみつけて、ぼくは静かに腰をおろした。まだ心ははずんだままだから、こんなときの野ぐそは全身の血液や精神がいっぺんに入れ替わったみたいになって、とても爽快《そうかい》になる。そして、ぼくはいつもの習慣どおりに自分の排泄《はいせつ》物を観察した。色や形を見届けながら数日前に食べたものをあれこれ想像してみるのが、好きだからである。これは、自分の健康を確認するためでもあるし、食物が自分の身体でどれくらいのエネルギーになってくれたかを知る楽しみにもつながる。

そんな習慣から何気なく見た排泄物に、なんと二ミリくらいの白いウジが数匹、ピョコタンピョコタンと歩いているではないか。ギョッとしたぼくは、もしかして自分の腹の中に寄生虫が湧《わ》いているのではないかと思ってしまった。

そういえば、西表島にきて三カ月。カンムリワシの営巣を探すために、来る日も来る日も島の海岸線やジャングルの中を歩き回っていた。その間に、珍しい土地のものをたくさん食べた。知り合いの釣《つ》ってくれたクロダイの刺身はいやというほど食べたし、ノコギリガザミという巨大なカニは腐った魚のアラを餌《えさ》にしてたくさん捕まえた。また、ジャングルの小川には川エビがうじゃうじゃいたから、何匹も手づかみにしては、空揚げにしていた。

そして山の脇《わき》に所々自生しているパパイヤの黄色く熟れた実は、山歩きで疲れたぼくを元気づけてくれた。このパパイヤの木は、カラスがどこかでパパイヤの実を食べてきてここで糞《ふん》をしたから、その種から勝手に生えてきたものだった。持ち主はとうぜんカラスであり、暇なカラスはいつも木にとまって見張り番をしていた。大きくなった濃い緑の実の表面が五円玉くらいに黄色くなれば、中身はすでに熟しているから食べごろである。それをカラスも承知しており、どちらが先に食べるかはいつも競争だった。いくつかの実が熟していても、ぼくが勝ったときには一つだけいただいてきた。

このように、島ではあらゆる自然の産物を食べていた。だから、ひょっとして寄生虫が腹に湧いたのではないかと心配になってしまったのである。

あるいは、寄生虫ではなくて、ひょっとしてそれはぼくの野ぐそにハエがやってきて、瞬間的にウジを産んでいったのではないかとも思った。暖かい地方には「ニクバエ」というハエがいるらしいということを思い出したのだ。ふつうのハエは卵を産んでウジになるが、ニクバエは、いきなりウジを産むと言われている。それを知ったのは、灰谷健次郎さんの『兎《うさぎ》の眼《め》』だ塵芥処理所で暮らすバクじいさんと鉄三少年に、ぼくはニクバエの存在を教えられたからだ。

いじめられっ子だった鉄三少年は、唯一《ゆいいつ》の友だちとして処理所に無数にいるハエを飼育していた。その少年が「金獅子《きんじし》」と名付けた立派なハエがミドリキンバエであり、腐った肉をどんどん食べてしまうのだそうだ。ニクバエが卵ではなくて、はじめからウジを産むということも、少年はいろいろな種類のハエの飼育を通して観察していたのだった。

自然界では腐ったものを放置すれば腐敗菌の発生につながる。腐敗菌は、健康な生物の生命をも脅《おびや》かす「菌」である。このため、腐った肉などは食べてくれる生物がいなければ困るのである。それを、自然界ではニクバエが担《にな》っているのだった。要するに、自然界での「腐敗」は緊急事態であり、卵の時間を省略して一刻も早くその除去作業にとりかからなければならない。暖かい地方はそれだけ腐敗の進行も速いから、このようなハエが絶対に必要なのだ。

長野県の山間地で生まれ育ったぼくは、それまでハエは卵を産むものとばかり思っていた。身近にウジを産んでいくようなハエを見たことがなかったから、『兎の眼』で知るまではぼくの知識にニクバエの存在はなかった。それを教えてくれたのが灰谷さんであり、西表島で出会ったこのウジはニクバエかも知れないという思いもあったのである。

そこで翌日どうしても確認したくて、ぼくはまたジャングルの同じ丘に行った。そして、昨日の野ぐその近くで排便をした。今度はとにかく、排泄されるウンチの一部始終を見守った。中腰の姿勢で、ウンチの出るはしから目を外《そ》らさないでいたのである。

すると間もなく、一匹のハエがやってきてぼくのまわりを飛びまわった。そして、まだ終わりきっていないウンチにとまった。ぼくはハエが飛び立たないよう力むのをやめて、体を動かさずハエの動きを見張った。するとどうだろう、そのハエが、ツツっと歩いた瞬間、そのあとに白い小さなウジが歩きはじめたではないか。ぼくはそのまま、さらにハエの次の行動を追った。すると、やはり二、三歩動いたハエはそのあとに、また小さなウジを歩かせた。

昨日のぼくのウンチのウジは、寄生虫ではなくてニクバエだったのである。

この『島物語I』は、都会に住む絵かきの父親が「田舎でたくさんのいのちに囲まれて生きたい」という願いから一家そろって島へ引っ越すところから始まる。そして、引っ越しに反対する中学生と小学生の子供姉弟をつれて、一家は電車と船を乗り継いで約二時間の、島の家へやって来るのである。

すでに都会の幼児体験をインプリントされている子供たちには、島での生活は予想以上に大変なものである。しかし、畑での害虫との戦い、ヒヨコの誕生や死、やまいも掘り、魚やタニシ取りなど、労働と遊びのはざまで学校の教科書にはない発見と学習を身体でしていく。やがて彼らは、自然界にあって人間をも含めたあらゆる「いのちはじゅんぐり」ということを覚えていくのである。

そして、島で繰り広げられる一家の生活は日々豊かになり、それに熱中する子供たちの胸のときめきが伝わってくる。島での暮らしは、子供たちにとって新しい〝勉強〟の連続であり、結果的には知恵と生活力を身につけていくことになった。「学校の勉強は勉強のごく一部」という、父親の言葉が次第に理解できると同時に、人生の勉強の場はまだほかにもたくさんあるということも、悟っていくのである。

ぼくは、人間も地球のほんの片隅《かたすみ》に住まわせてもらっている「野生動物」だ、という考えをいつも基本姿勢にしながら写真作家活動をしている。人間だけは別の動物だという考え方をしてしまっては、地球エコロジーのすべてを語れなくなってしまう。人間という動物も同じ土俵におかなければ、地球環境や自然保護がどうのといった話すらできないからである。

しかも、人間は地球からの生産物によって生命が支えられているという事実がある。これは、地球上のあらゆる生物にも共通することだ。そして、毎年あらゆる生物が爆発的に誕生して膨大な死が繰り返されている。それらの「死」がこれまた、あらゆる生命を支えているのも事実なのである。いわば、誕生の数だけ死もあり、生命は順繰りなのである。

たとえば、木の葉などが堆積《たいせき》して表土ができる。この表土は、バクテリアの巣窟《そうくつ》である。バクテリアは樹木の葉や虫などの死体群を食べて生活している。その表土から生産される野菜や米などで、私たち人間も生かされている。砂とはちがう表土というものが、あらゆる生命を支えていることになる。この表土は地表からせいぜい数十センチの深さまでしかなく、地球から見れば、あまりにも薄くもろい。ということは、人間もこのわずかな表土で支えられているからいつも綱渡りで生かされていると思っていい。

物語でタカユキ少年と父親はタニシやシジミ取りを通して、必要以上に生命を捕らないことの大切さも語っている。人間は基本的には群れて住まなければ生きていけない動物であるが、自然界にちゃんと組み込まれていることを忘れて人間中心の一方的な生き方をすれば、やがては自分たちも「餌不足」になってしまうだろう。

今日の時代はモノの価値観がすべて一緒になってしまい、教育現場でも個性や好奇心などを奪い去った「エリート製造」の人づくりがなされる傾向にあるのではないか。すべての価値基準が同じになり、その基準以外のものは排除されてしまう。その結果、規格通りにつくられた人間は使い捨てのパーツになってしまい、リストラの名のもとにどんどん切り捨てられているのかもしれない。

全員が同じ答えをだす学校の勉強もたしかに大切ではあるが、自然界には複雑であらゆる答えの出しかたがあるものだ。そのメカニズムを繰り返し体験することで、机上では計り知れない知恵が身に付いていく。そして、その知恵は生きる力にもなる。生きる力はすなわち「生活力」であり、人間という動物が生きていくのに求められるもっとも基本的なことのような気がする。自然はあらゆることを教えてくれる学校であり、教師なのである。

灰谷文学は、まさにそのことを繰り返し伝えていると言える。文中にさりげなくでてくる会話などでも、私たちに知恵となる自然のしくみの妙がふんだんに詰まっている。自然の優しさと、厳しさと、そして、私たちはいつも自然と相談しなければ生きていけないのではないかということを、ぼくは灰谷さんの物語から感じとる。


（平成七年六月、写真家）

『島物語 第一部　はだしで走れ』は一九八三年六月、『島物語 第二部 今日をけとばせ』は同年九月、『島物語 第三部 きみからとび出せ』は八四年十二月、それぞれ理論社より単行本として、九四年八月、新潮文庫として刊行された。

島《しま》物《もの》語《がたり》 I

灰《はい》谷《たに》健《けん》次《じ》郎《ろう》

角川文庫　11611

平成十二年八月二十五日　初版発行

発行者——角川歴彦
発行所——株式会社角川書店
東京都千代田区富士見二—十三—三
電話　編集部(〇三)三二三八—八四五一
営業部(〇三)三二三八—八五二一
〒一〇二—八一七七
振替〇〇一三〇—九—一九五二〇八
印刷所——廣済堂　製本所——千曲堂
装幀者——杉浦康平

落丁・乱丁本はご面倒でも小社営業部受注センター読者係にお送りください。送料は小社負担でお取り替えいたします。
定価はカバーに明記してあります。

は20-23　ISBN4-04-352025-5　C0193

角川文庫発刊に際して

角川源義

第二次世界大戦の敗北は、軍事力の敗北であった以上に、私たちの若い文化力の敗退であった。私たちの文化が戦争に対して如何に無力であり、単なるあだ花に過ぎなかったかを、私たちは身を以て体験し痛感した。西洋近代文化の摂取にとって、明治以後八十年の歳月は決して短かすぎたとは言えない。にもかかわらず、近代文化の伝統を確立し、自由な批判と柔軟な良識に富む文化層として自らを形成することに私たちは失敗して来た。そしてこれは、各層への文化の普及滲透を任務とする出版人の責任でもあった。

一九四五年以来、私たちは再び振出しに戻り、第一歩から踏み出すことを余儀なくされた。これは大きな不幸ではあるが、反面、これまでの混沌・未熟・歪曲の中にあった我が国の文化に秩序と確たる基礎を齎らすためには絶好の機会でもある。角川書店は、このような祖国の文化的危機にあたり、微力をも顧みず再建の礎石たるべき抱負と決意とをもって出発したが、ここに創立以来の念願を果すべく角川文庫を発刊する。これまで刊行されたあらゆる全集叢書文庫類の長所と短所とを検討し、古今東西の不朽の典籍を、良心的編集のもとに、廉価に、そして書架にふさわしい美本として、多くのひとびとに提供しようとする。しかし私たちは徒らに百科全書的な知識のジレッタントを作ることを目的とせず、あくまで祖国の文化に秩序と再建への道を示し、この文庫を角川書店の栄ある事業として、今後永久に継続発展せしめ、学芸と教養との殿堂として大成せんことを期したい。多くの読書子の愛情ある忠言と支持とによって、この希望と抱負とを完遂せしめられんことを願う。

一九四九年五月三日

角川文庫ベストセラー

世界衣裳盛衰史《よのなかはきぬぎぬのうつろい》　清水義範

ココ・シャネルから高田賢三――。古今東西、御存じファッション界の達人の素顔にせまる!! 文学界の達人たちの文体で綴る文体模写《パスティーシュ》作品集。

ぼくらの卒業旅行《グランド・ツアー》　宗田理

ぼくらは高校卒業記念にアジアへ。戦争の傷跡や人間の本性をまのあたりにしたり、買春ツアーの日本人をやっつけたりと冒険と発見のアジア体験。

金融腐蝕列島(上)(下)　高杉良

病める金融業界で苦悩する中堅銀行マンの姿をリアルに描く。今日の銀行が直面している問題に鋭いメスを入れ、日本中を揺るがせた衝撃の話題作。

ドールズ　高橋克彦

車にはねられた七歳の少女が入院中に見せはじめた奇怪な行動。少女の心の闇には何が潜んでいるのか? 恐怖小説の第一人者が綴った傑作長編。

氷雪の檻　柘植久慶

元フランス外人部隊の綴喜《つづき》は莫大な報償金を目指して冬のカナディアン・ロッキー山中に乗り込んだが……。雪と氷の酷寒の世界で壮絶な戦闘!

武神の階《きざはし》　津本陽

毘沙門天の化身と恐れられた景虎に、宿敵・信玄との対決のときが……。生涯百戦して不敗。乱世にあって至誠を貫いた上杉謙信の実像。

探偵事務所 巨大密室　鳥羽亮

次々とビルの屋上から身を投げる女達。これは自殺か他殺か!? 巧妙に仕組まれた連続殺人事件の謎に、元刑事の探偵・室生が挑む!!